文春文庫

秀吉の枷

上

加藤廣

文藝春秋

秀吉の枷 上巻 目次

秀吉の枷

上

第一章　竹中半兵衛死す

1

天正七年（一五七九）六月初旬。

三木城を囲む播州《ばんしゅう》平井山の羽柴《はしば》陣屋に静かな衝撃が走った。

事の起こりは、京の薬師《くすし》・曲直瀬《まなせ》道三《どうさん》から飛札《ひさつ》で届いた一通の書状である。たまたま、秀吉は、軍議を終えて自室に戻り、半裸になったところであった。気軽く手にとって読み始めたが、読み進むにつれて顔から血の気が引いて行くのが自分でも分かった。

「小一郎をこれへ」

震える声で小姓の石田三也《みつなり》（後の三成）に命じ、階下に控える弟を呼びあげた。

小一郎が、駆けつけるのも、もどかしく秀吉は叫んだ。

「小一郎！　京に預けてあった竹中半兵衛《たけなかはんべえ》が消えてしもうたわ。官兵衛《かんべえ》はおらぬ、半兵衛も消えたでは、この先、わしはどうしたらいいのだ」

官兵衛こと小寺孝高《よしたか》は、昨冬、織田軍に離反した荒木村重《あらきむらしげ》の説得に行ったまま行方が判らない。秀吉の知将の両輪である二人が相次いで行方知れずとなって、秀吉は気も動転し、声までうわずってしまった。

「半兵衛様が消えられたと？　さても面妖《めんよう》な」

事態の飲み込めていない小一郎は、困惑した顔で兄と三也を交互に見回し、

「兄者、まあ、気を落ち着けて下され」

と、秀吉をなだめた。

三歳若い弟である。子供の頃から腕はからきし駄目だが、上背があり妙に大人びていた。まあ、まあ兄者と、長い両手を広げて割って入るもめ事のなだめ役が巧《うま》かった。兄の部下となった今は、分を心得て、並み居る武将の前では決してそんな態度を見せないが、兄と二人きりになると、子供の頃の癖がでる。

「これが落ち着いていられるか！」

秀吉は、兄の権威を傷つけられて、幾分気分を害したが、口ほどに怒ったわけで

はない。数すくない親族である。とりわけ目に入れても痛くないほど可愛がっているたった一人の弟であった。

（小一郎に要点だけ読んでやってくれ）

と、三也にそっと目配せすると、自分はそのままごろりと板敷きに横になり、じっと三也の読み終わるのを待った。

半裸の背中と後頭部に、板敷きの冷たさが伝わり、急速に最初の衝撃が薄れると、秀吉の頭脳は、再び冷静さを取り戻していった。

（もう一度最初から、これまでの事の経過と半兵衛の行方を、自分が半兵衛になった気になって考えてみるか）

道三の知らせによれば、昨年末以来、京で病気療養中の軍師・竹中半兵衛の病状が急変したのは、極く最近のことである。歩行も困難な状態のまま、一人、厠《かわや》に立った後、忽然《こつぜん》と姿が消えた。

治療所の助手たちが気づいたのは翌早朝だったという。その後、周辺をあちこち捜索したり、もしや新たな密命でも帯びて信長さまの所へでも行かれたのかと、安土にお伺《うかが》いをたてた。そこにも来た形跡がないことを確かめた後、大騒動となったと手紙にある。

事の対応の鈍さに、秀吉は内心舌打ちした。

それより、絶対安静を要する病状で、半兵衛が何故、夜半、闇の中を出奔《しゅっぽん》したのか。そしてどこに行ったのか。いずれにせよ誰か手引きしたものがいたに違いない。

それは誰だろう。

そんな兄の思いを感じ取ったのか、小一郎は、三也の話を聞き終わると、

「まさか拉致《らち》されたとは思いませぬが……」

と、話を飛躍させた。

「それはないな。むしろ病状から考えて、半兵衛め、もしかすると死を悟って脱出を図ったのではないか。警戒の少ない夜半、それも道三の不在をねらって実行した、と思うがどうじゃ」

「それは大いにありうることに存じます……」

小一郎は、大きく頷《うなず》いた。

「そなたもそう思うか、だとすれば行く先はどこじゃな。半兵衛の心になって推《お》し量《はか》ってみよ」

秀吉は、ここで弟の推理力を試してみようと思った。官兵衛も半兵衛もいなくなれば、今後、自分の相談相手はこの弟しかいない。

一瞬、小一郎は戸惑った様子を見せたが、やがて部下の顔に戻って答えた。

「あくまで私見でござりますが」

「うむ、それでよい」

秀吉は薄い顎髭《あごひげ》を撫《な》ぜた。

「行先は二つかと存じます。一つは、半兵衛様が、ご子息をお預けしている竹中様の居城・菩提山《ぼだいさん》。さもなくば、ここ三木」

「よき推量じゃ。で、そなたは、そのどちらと考える？」

「半兵衛様のご気質からして、菩提山はまずありませぬ」

「理由はなんぞ」

秀吉は、構わずたたみかける。

「あのお方は、血縁の情より、この世での我ら羽柴の者との縁を、より大事になさる《義の男》と心得ます。十中八、九、ここ三木に向かったに相違ありませぬ」

小一郎は、さわやかに断言した。

「でかしたぞ、小一郎。わしも、さきほどから全く同じことを考えていたのじゃ」

秀吉は、すこしだけ機嫌を直した。が、

「となると、そんな病状で、遠路はるばる、ここまでお身体《からだ》が持ちましょうか。それが唯一気にかかります」と、小一郎は、なお心配気である。

「そう、そこじゃな、問題は」

秀吉の想いは、ふいに平井山山頂の物見櫓《ものみやぐら》の下の四阿《あずまや》に飛んだ。

四阿は茅葺《かやぶ》きの六畳ほどの広さ。南西にしつらえ、正面前方に三木城群を睥睨《へいげい》できる。そこに置いた二脚の竹製の床几《しょうぎ》の一つは秀吉用、もう一つが軍師竹中半兵衛のためである。その主なき床几が、今朝ほどの見回りの時、やけに寂しげに見えたことを思い出した。それに、今朝方、山頂の一角にたった陽炎《かげろう》の色が、妙に濁った血色《ちいろ》に見えたのも気になる。陽炎は、夜来、山頂付近を通った驟雨《しゅうう》の悪戯《いたずら》。そしてその嫌な血色は、平井山を、この半年、本陣造りのために掘り返してきた赤土と光線の作用だとは判っているが……。

四半刻《しはんとき》（三十分）ほど経って、秀吉は急遽《きゅうきょ》、軍議を再招集した。

階下の軍議部屋に戻った秀吉には、先ほどの悲嘆に暮れた影は微塵《みじん》もなかった。

総大将の威厳を回復し、自信溢れる大声で全軍に命じた。

「軍師・竹中半兵衛殿が、京から病をおして我々の激励に向かわれたとの報が入った。だが、道程までのご連絡がない。よって、陸路は西国街道から京街道一帯、海路は堺《さかい》港中心に瀬戸内海岸一帯に連絡網を密にせよ。お迎えに遺漏《いろう》なきを期せ。よいか。見つけ次第、ただちに知らせよ。余が直々《じきじき》にお迎えに馳《は》せ参じるゆえ」

秀吉は本気で出迎える気になっていた。

（なにか、心に期すものがあってわしに会いに来るのだ）

途中、万一にも力尽きて会わず仕舞《じま》いとなっては、悔いを千載《せんざい》に残す。

ところが、この時、半兵衛はすでに伏見《ふしみ》から舟で大坂・天満《てんま》に逃れていたのである。秀吉の推測どおり随行者がいた。彼らは天満から船を仕立てて、海上に出ると、秀吉の捜索網の厳重な堺をさけ、寒村の兵庫漁港を選んで密《ひそ》かに上陸した。秀吉が、全軍に半兵衛の迎えの指示を出した当夜のことであった。その所在は、秀吉に追い返されることを恐れ、一夜明けた翌朝、三木の目前になって、初めて知らせが入った。

「さすがは半兵衛。まさに神出鬼没《しんしゅつきぼつ》じゃ。ということは、病もそれほどではなかったのではないか」

小一郎と、明るく笑ったのも、束《つか》の間だった。

更に聞けば、半兵衛は、途中から駕籠《かご》旅にも耐えられなくなり、戸板に乗ってこちらに向かっているとのことだった。

秀吉は再び蒼くなって、急ぎ小者十数人を派し、更に毛氈《もうせん》と衣笠《きぬがさ》を調達して届けた。衣笠は、戸板の両側から差し出して病人を直射日光に晒《さら》さないためである。労《ろう》咳《がい》に日光は禁物である。

じりじりと待つこと一刻余り、物見から、

「竹中様のご行列発見！　三木街道前方、三百間《けん》」

の報が入ると、秀吉は部下の止めるのも聞かず、馬で街道まで駆け降りた。そうせずにはいられなかった。

一行を見て、秀吉は仰天した。総勢二十数人。日頃の半兵衛の手の者ではない。いつ、どこで、どうやって集めたのか、いずれも甲賀の忍びと見えた。

一行の行列の五間ほど手前で馬を降りると、秀吉は、一人、徒《かち》で近づいた。甲賀衆は、秀吉の姿を見届けると、さっと間をあけて、道の両側に、恭《うや》しく片膝付いて秀吉を迎えいれた。

秀吉は頷き、逸《はや》る心をぐっと抑えると、戸板の衣笠の間に首を突っ込んだ。

「どうじゃ、具合は、半兵衛」

と、笑って話しかけるつもりだった。だが、衣笠の中を見た瞬間、中の光景に息を呑んだ。そこには、半年で、骨と皮ばかりの幽鬼と化した半兵衛が、虫の息で横たわっていたのである。

「なぜ、京で安気《あんき》に養生を続けていてくれなんだのじゃ」

愚痴が怒りに変わり、秀吉は、つい声を荒らげた。

半兵衛は、細い力のない目を開け、蚊の鳴くような声で呟《つぶや》いた。

「一目……、一目、殿にお会いして、申し上げたきことあって、抜け出て参りました。すべて拙者の一存でござる。ここ三木しか死ぬべき場所がござりませぬ」

必死で起き上がろうとするのを、慌てて押し留めながら、秀吉は不意に自分の目頭が熱くなっていくのが分かった。

「死ぬ？　愚かなことを申すでない。そなたに死なれて、この秀吉、この先、誰を頼りにすればよいのじゃ」

竹中半兵衛の、枯れた蔓《つる》のような細い手を握ると、秀吉は、こらえ切れずに号泣した。


その夜、秀吉は、自分の居間に半兵衛の床を用意した。

侍女に手伝わせて湯で身体を拭《ふ》き清め、半兵衛持参の煎《せん》じ薬を呑ませた後、無理に口を開かせて、割粥《わりがゆ》を数口、押し込むようにして呑み込ませた。それで落ち着いたのか、一旦は微《かす》かな寝息をたててまどろんだが、それも長くは続かなかった。

夜半、再び熱が高くなった。間断なく痰《たん》が込み上げてきて喉《のど》をふさぐのであろう。そのたびに激しい咳《せき》で目を開き、侍女の差し出す痰壺に、苦しげに顔をねじ曲げるようにして吐いた。痰壺に鮮血が飛んだ。痰を吐き終わると、半兵衛は、うつろな目で周囲を眺めた。

ようやく秀吉の姿を見届けると、かすかに頭《こうべ》を垂れ、再び、どっと床に倒れ込む。その繰り返しが終夜続いた。

秀吉は、枕辺に座り、半兵衛の変わり果てた横顔を見つめて一夜を過ごした。

時折まどろむと、決まって同じ夢を見る。

山の中の藪《やぶ》を、かき分けるように駆け上っていた。後ろを向いて、もどかしさに怒鳴る。

（それ急げ、それ急げ。霧が濃くなると道を見失うぞ）

夢は、隠棲《いんせい》する半兵衛を求めて、山間部をひた走る自分の姿であった。

2

永禄九年（一五六六）の美濃攻め。

この戦いを有利に進めるには、斎藤家の軍師である竹中半兵衛の説得が第一、と主君信長は睨《にら》んだ。

しかし、この説得に半兵衛は頑として応じない。

何度目かの話し合いの時、半兵衛はふと、

（信長公に逆取、順守の分別がござろうか）

と呟いたのである。あればお味方申そう、と言いたげな風情であった。

しかし、信長の使者は、だれもその言葉の意味を知らない。

信長にこれを報告したが、誰も意味が解らない。

この頃の信長は、その過剰な自尊心が災いして、自分の知らぬ言葉を口にする者を許せない主君になっていた。

「生意気な奴め。もう二度と会うな」

吐き捨てるように言うと、以後寝返りの説得をやめた。

一人藤吉郎《とうきちろう》（当時）だけはこの言葉を聞き捨てなかった。

もちろん自分も漢字が分からず意味も知らない。だが、藤吉郎は、他人に聞くことを恥としなかった。早速にこの半兵衛の言葉を、うろ覚えに、かな書きして、人づてに学識僧を尋ねあるいた。ようやくにして意味がわかった。

（逆取して順守す）

三国志で有名な劉備《りゅうび》の軍師龐統《ほうとう》の言葉だという。その大意は、天下を取るときは道義に背《そむ》いてもよい。が、取ったあとは道義に基づいて治めよ、という意味であった。

（なるほど。お屋形さまの天下取りで心しなければならぬ教えだ。このような言葉を知っている半兵衛こそ、俺の知略の不足を補い、心を語るに足る名軍師の器だ）

藤吉郎は半兵衛が欲しくてたまらなくなった。

四年後の元亀《げんき》元年（一五七〇）、絶好の機会が訪れた。

この年四月、信長は朝倉攻めの背後を義弟の浅井長政《あざいながまさ》に衝《つ》かれて敗走し、失意の中で京に蟄居《ちっきょ》していた。

戦火の小康状態を狙《ねら》って、藤吉郎は、能登脇道から鎌羽の長亭軒《ちょうきょうけん》と呼ばれる山間部にある竹中半兵衛の寓居を訪ねた。小一郎と前野小右衛門《まえのしょうえもん》（当時）を伴っての密行である。

この頃、半兵衛は病気勝ちとあって隠遁《いんとん》生活を送っており、門を閉ざして、誰とも会おうとはしなかった。

だが、なぜか藤吉郎だけには快く門戸を開いた。

会見は小一郎等を退け、藤吉郎と二人だけで行われた。

話のきっかけとなったのが、織田家の京都の菩提寺《ぼだいじ》である阿弥陀寺《あみだじ》の清玉上人《せいぎょくしょうにん》の薬草とその施療院であった。

「拙者このような病身ゆえ、あれこれ薬草を求めて京に参り、ふと阿弥陀寺の評判を、お聞きした次第でござる」

半兵衛は、瘦《や》せこけた頰を少年のように染めて語り始めた。

阿弥陀寺は永禄年間、織田信長のきもいりで完成した織田家の菩提寺である。新進だが、方八町の境内に、塔頭《たつちゅう》十三ケ院が甍《いらか》を並べる巨大伽藍《がらん》を擁する大寺院であった。

しかし、名刹《めいさつ》の多い京では伽藍の大小では人を引き付けない。

京人の評判になったのは、開祖清玉の人柄と広大な薬草園、それに、薬草による貧者への無料施療の実践である。

「いやはや聞きしにまさる評判でございましたな。早朝から門前列をなして病弱の者が待っておられた」

語る半兵衛は、ご機嫌だった。

「ほう、それは知り申さなんだ」

藤吉郎は、頰を叩いて残念という仕草を見せた。合戦に明け暮れる藤吉郎は、新築された阿弥陀寺を見ていなかった。

「拙者は四半刻ほど待たされ、ようやく薬草を戴きました。ほれ、これでございます」

半兵衛は、嬉しそうに手元の薬草袋を見せた。薄く切って陰干しにし、煎じるばかりになっている橘皮《きっぴ》、陳皮《ちんぴ》、甘草《かんぞう》と桔梗《ききょう》の根が両手に余るほど小袋に分けて入っていた。

「ところが、なんとしても代金を受け取りくださらぬ。拙者も武士の端くれ、他人に施しは受けぬ、と談じ込みましてございます。いやいや、本当はそういってねじ込んで、評判の清玉様にお会いしたかっただけでございましたが」

「ほう、そして会うことができましたかな」

藤吉郎は、思わず膝を乗り出した。

「多忙ゆえと断られるのを、無理にと、お願い申し上げてお目にかかれましたが、条件がございました。その無粋《ぶすい》な腰の刀を預けよといわれました。お上人《しょうにん》は刀を見るのがお嫌いだと。もちろん喜んでお預けしましたが……」

「それは手厳しい。武士に向かって」

「しかし、会いに行った先は、仏殿でも法堂でも、また方丈でもございませんでした。本堂から三町も離れた薬草園。炎天下、菅笠《すげがさ》をかぶった百姓姿で、着ているものは、といえば、ぼろぼろの福田衣《ふくでんえ》でござった」

「福田衣と申されると、なんでござろうか」

藤吉郎は、頭を掻《か》きながら訊ねた。

「使うことのできなくなったような襤褸《ぼろ》キレを、田圃のあぜ道のように縫い合わせた衣ゆえ、そう申すのでござる。仏の道に精進する者は、襤褸キレ一枚までも大事にせよという、お釈迦さまの教えに従ったものと、拙者は聞きおよびましたが、近頃は、とんと坊主が、これを着るのを見たことはござらぬ。このごろの坊主ときたら、金銀糸の袈裟《けさ》をまとい、その色の違いで僧位の差を誇るような堕落《だらく》僧ばかりでござるからな」

半兵衛は、かすかに嗤《わら》うと、更に話を続けた。

「そんな清玉上人でしたが、拙者がご挨拶申し上げると、笠を取って挨拶をていねいに返された。真っ黒な百姓のようなお顔をされてましての。拙者と話されながらも、手のほうは相変わらず、スイカズラとか申す花をお摘みになっておられた。なんでも時の御帝《みかど》（天皇）が、お風邪を召されているとかで、急ぎその花を今夕までに御所にお届けなさるためとか。無礼の段、平にお許しくだされ、と丁重に申された。かえってこちらが恐縮したような次第でございました。それゆえ、農園での立ち話となり申したが、我が身体の症状をあれこれお聞きになり、実に理にかなったご指示を戴き、またさらに薬の数々を頂戴して参りました。もちろん、そのお代のことを申し上げると、薬草は仏さまが下されし物、代金など取るは泥棒と同じ。そなたは拙僧に盗人になれといわれるのかと一笑され、返す言葉知り申さなんだ。しかし、拙者も武士、まして織田の敵方となる美濃の家中の者。織田にご縁の深いこの阿弥陀寺に、無償でお薬を頂戴するのは、ちと心苦しいと申し上げました」

「ほう、そこまで申されたか」

藤吉郎は手にした扇子でばたばたと胸元をあおぎながら感嘆した。

「するとお上人さまは呵々大笑《かかたいしょう》され、不意に空を指さされてこういわれました。ご覧なされ、お天道様《てんとうさま》を。敵も味方も同じように陽光をお授けになるではありませぬか。この薬草はみなその陽光の賜物《たまもの》じゃ。たとえ織田の寺でも、敵、味方をわけへだてしては天道《てんどう》に背くことになりませぬか、といわれた。これには負けましたな。

すっかり我が魂を吸われてしまったような気がしましたな」

「ほう、清玉上人に魂を吸われましたか！」

なんと美しい言葉を吐く男か。

藤吉郎は、竹中半兵衛という男が予想以上に雄弁であり、説得力ある話術の持ち主であることを発見した。

（どうしても我がそばに置きたい）

藤吉郎が、その意をさらに強くした時、

「そう、そう。そうでござったな……」

と、半兵衛は膝を打った。

「な、なんでござる」

藤吉郎は、思わず膝をのめりだした。

「このお話の途中でござった。実は藤吉郎殿、あなた様の名が出ましてな」

「なんと、清玉様が拙者のことをいわれましたのか。してなんと申されましたのかな……」

藤吉郎は、自分の顔が紅潮していくのが分かった。

「武士という外道《げどう》の世にありながら、ただ一人、人殺しを嫌われる不思議な武人よ、と言われました。実は、この清玉上人の一言が今日、拙者ここで藤吉郎殿にお目にかかる気になった理由でござる」

それを聞くと藤吉郎は両手で顔をばちばちと叩き、おおげさに天を仰いでみせた。半ば芝居、半ば本心である。

「そうお上人にいわれると恥ずかしゅうござる。これまでお屋形さまのご命令とはいえ、拙者、数多《あまた》の者を殺傷してきた身でござればの。多分にお上人の買いかぶりでござろう。が、正直の所、人を殺《あや》めるのは、本来拙者の性に合わぬ。嫌いじゃ、いやじゃ。これは、嘘偽りではござらぬ」

「過去は問うても仕方ござらぬ。が、これからの藤吉郎殿には、その言葉を信じてさしあげたい気がいたします。実は、この半兵衛も、昔と違い、今は全く同じ心境でございますれば」

「そうでござったか。それを聞いて、藤吉郎いたく安堵《あんど》しました」

心が開けた。これを機に、二人は二度、三度と密《ひそ》かに会合を重ねた。

三度目の時、半兵衛は初めて自分の本心を吐露《とろ》した。

「拙者、これまで頑《かたく》なに織田さまのお誘いをお断り申し上げてきましたが、それは信長公のご性格ゆえでござる」

恐ろしいことを、淡々と話す。

藤吉郎は、思わず身が縮んだ。

「やはりお好きになれませぬか、信長さまが」

「やはりとは、他にも拙者のような変人がおられるのかな？」

半兵衛は微笑を湛《たた》えて訊ねた。

「大有りでござる。例えば手前の配下の小六《ころく》（蜂須賀《はちすか》）も、小右衛門（前野）も、昔から信長さまが大嫌いでしてな。ただこれは二人が野人で、口舌《くぜつ》の才がないためじゃと思うております。そのため今も拙者の又者《またもの》として仕え、いつでも恩賞で割りを食っております。しかし、半兵衛殿は彼らとは違う。なぜでござろうな。ここだけの話としてその理由、お聞かせ願えませぬか」

藤吉郎は、改めて膝を正した。

「あのお方の三白眼《さんぱくがん》は、古代中国の歴史に多いといわれる覇王《はおう》の目でござる」

半兵衛は、斎藤家の家人《けにん》の頃に一度だけ信長を見たことがあるという。

「しかし、ただの覇王にはない異常な僥運《ぎょううん》の星をお持ちのようじゃな。それだけが困りものよ」

ここでにやりと笑った。

「僥運、でござるか？」

あまり良い意味ではないような気がして、聞き返した。

「さよう、分不相応な運でござる」

半兵衛は、あっけらかんと答えた。

「例えば、今川を破った桶狭間《おけはざま》山の合戦の、あの思いもかけぬ嵐の到来がまず第一。そうそう、そういわれる貴殿との出会いも、信長公の僥運の一つでござろうよ」

「それは半兵衛殿の買いかぶりでござろう」

藤吉郎は慌てて頭《かぶり》を振った。

「いや、違いまするな。ほんの二カ月前ではございませぬか、浅井に背《そむ》かれた敦賀《つるが》金ケ崎《かながさき》からの惨めな敗走は。あの時、貴殿が危険な殿《しんがり》をお務めにならねば、信長公は今頃はこの世のお人ではないのではござらぬかな」

「はて、拙者としてはなんとも申し上げられませぬが」

微妙な問題だけに、苦笑いするしかない。

「いや、ご謙遜《けんそん》には及びませぬぞ。それに、信長公の幸運の星が近頃もう一つ増え申したな」

「どなたでござろう」

「明智光秀様」

藤吉郎は、半兵衛の言葉に絶句した。図星であった。

明智光秀は永禄末期からの新参だが、将軍足利義昭への仲介者として信長の覚えが特にめでたく、禄高も、いきなり五百貫（石換算二千五百石）から始まり、今ははるかに藤吉郎を抜き去っている。殊に学識、弁舌、一見して高貴の出身と見える容貌《ようぼう》などでは、いずれを取っても藤吉郎は足元にも及ばない。こうしている今も、光秀は朝廷を仲立ちとした朝倉・浅井との和睦に、さらに勲功を重ねているだろう。

「さればこそ半兵衛殿」

藤吉郎はここで大仰《おおぎょう》に平伏して懇願した。

「光秀に負けぬよう、この藤吉郎のつたない学識と知恵を半兵衛殿のお手で補うては下さりませぬか」

「それは明智殿と争って、織田家中でさらなるご出世を望むためでござろうか」

「それもある。しかし、決してそれだけではござらぬ。拙者には拙者の存念《ぞんねん》がござる」

「はてさて、その存念とはなんでござろう。まさか、かの覇王へのご謀反《むほん》ではござりますまい。いやこれはただの戯れ言《ざれごと》だが」

半兵衛は微笑を浮かべながら、危険極まりないことをさらりといってのけた。

「滅相もありませぬ。今日までの信長さまのご恩、けっして藤吉郎無にするつもりはござりませぬ。金輪際ご謀反など……」

藤吉郎は震え上がったが、半兵衛は一向に屈託がない。

「では、この半兵衛に求められるのは、木下殿の出世のためでもご謀反のためでもない。それとは別の存念のためだと仰せられるのか」

「さようでござる」

「面白い。それ如何《いかん》によっては、この半兵衛、信長公ではなく、あなたさまにお仕え申すとお約束致しまする」

今度は半兵衛が深々と平伏した。藤吉郎は飛び上がって喜んだ。

「では、本心を申しましょう。藤吉郎の存念とは他でもござらぬ。それは、民百姓を塗炭《とたん》の苦しみより救い、御帝の御心を安んじ奉ることでござる。そのためには、いまは信長公のために牛馬のごとく働く覚悟ながら、いずれ天下統一の暁には信長さまにもご進言申し上げ、この国を、御帝を中心とした昔の安らかな世に戻したい。その一念にござる」

「御帝？　はてさて。これはまた慮外《りよがい》なことを承《うけたまわ》った。藤吉郎殿は京の御帝がお好きでしたか」

半兵衛はあっけにとられた面持ちで藤吉郎の顔を見つめた。そんな言葉が、この学問とは縁遠い小男の口から出ようとは――と言いたげな顔である。

「はい。拙者、心底から御帝を、ご尊敬申し上げております」

「それはまた、なぜでござる」

「理由は二つ。一つには、この国の御帝が、不思議な存在でござるゆえ」

「ほう、御帝が不思議な存在でござるか」

半兵衛は、小首をかしげた。

「そうではござらぬか。聞くところでは、唐天竺《からてんじく》の皇帝は、武力に支えられた権力者ばかり。民のことなど毛頭考えてもくださらぬそうな。ところが、この国の御帝は、ひたすら民草《たみくさ》の幸せだけを神に祈り、ご自分はというと、実にささやかにお暮らしになられている。近頃は、ささやかどころか、すっかり落ちぶれられて、衣食にも事欠く始末だそうな。まことおそれおおい次第にござる」

「も一つはなんでござろうか」

「恐らく拙者の先祖の血が、拙者を御帝好きにさせるのでござりましょうな」

「木下様の先祖の血、とは！」

「知りたいと仰せか。わが出生の秘密を」

「もしお仕えするからには、木下様のこと、なにもかも存じ上げねばなりますまい」

「では、藤吉郎がここで申し上げること、一切口外なさりませぬな」

「もとより、武士の誇りにかけても」

半兵衛は首肯《しゅこう》して静かに目礼した。

「さようか、では申し上げよう。拙者、実は、百姓の出を称しているが、本当は丹波の《山の民》の出身でござる。我が部族の言い伝えによれば、故あって山中に逃れはしたが、先祖は遠く藤原氏に溯《さかのぼ》り、親しく御帝のお側近くにはべっていた高貴の者の流れと聞き及んでおりまする。さればこの乱世を平定し、御帝の御心を安んじ奉ることこそ、我が先祖の血の命じる定め、と拙者ひそかに存念しておりまする。こんなことを織田家中で申せば笑われましょうが、半兵衛殿なら、あるいはお解り戴けようかと……」

しばらくの間、眠ったように考え込んでいた半兵衛が、やがて大きく目を見開いて頷いた。

「あい分かり申した。それを聞いて、それがし、世間を捨てて唯一人ここに隠棲《いんせい》するには、まだ、ちと時期尚早と思い始めてござりまする。いまの天下の争乱を、なんで見過ごしてよかろう。民百姓のつつがなき世を作るために、も一度あなたさまと地獄の苦労をしてみたくなり申しましてございます。お仕え申そう」

半兵衛は病を押して藤吉郎の幕下に入る決心をした。

しかし、身分は又者でなく信長の《寄騎《よりき》》として木下藤吉郎に貸与される形となった。これは後になって信長に許可を求めたが、自分になびかなかった者が、そのまま藤吉郎の家来となることを信長が潔《いさぎよ》しとしなかったためである。

その三年後、秀吉が北近江十二万三千石を領した時の竹中半兵衛の禄は一千五十三石である。秀吉の弟秀長（小一郎）の八千五百石、義弟の浅野弥兵衛尉の三千八百石は別としても、謀臣峰須賀小六の三千二百石、前野小右衛門の三千百石に較べても極めて少ない。これは信長の他の寄騎との均衡を慮《おもんぱか》ったためであろうが、もちろん半兵衛はそんなことに不満はない。戦場の功名でなく秀吉の心の師であることが半兵衛の唯一の誇りだったからである。

3

秀吉は、まどろみから目覚めた。慌てて半兵衛の変わり果てた姿を、また覗《のぞ》き込んだ。

「半兵衛済まぬ。許してくれ」

秀吉は半兵衛の耳元で呟いた。

（そなたをこんな目にあわせたのは、このわしじゃ）

止まらぬ涙が、秀吉の悔恨を更に膨らませていった。

「竹中半兵衛殿を酷使なさらぬように」

という警告は、薬師・曲直瀬道三から再三に亘《わた》って受けていた。

だが、秀吉は半兵衛の酷使を止められなかった。

昨年三月、秀吉は上月城《こうづきじょう》の攻防を巡って、信長への援軍増強要請に半兵衛を起用した。播磨《はりま》の西端、美作《みまさか》国境から遠い安土《あづち》まで、使者として何度往復させたか分からない。最後には「労咳の半病人を寄越すのは、余の同情を買わんとする猿知恵か、けしからぬ」と、信長に叱責《しっせき》されたが、尼子《あまご》一族を見捨てるに忍びなかった。信長の説得役は、新参の小寺官兵衛では無理。弁舌さわやかな半兵衛を措《お》いて外にいなかったのである。

事実、半兵衛の信長説得は功を奏した。織田本隊六千のほか、各地から大挙援軍を得て、秀吉は自軍を含め四万近い大軍を揃えることができた。だが、いざ蓋《ふた》をあけてみると、この寄せ集め軍団は、秀吉の指示に全く動く気がなかった。

他人の戦果に繋《つな》がる戦いに命を懸けるなどまっぴら、という烏合《うごう》の衆だったこともある。が、その裏には、更に一年前の天正五年八月、越前の一向宗・上杉連合軍との戦いで、秀吉が独断で戦線を離脱したことへの、しっぺ返しが大きかった。裏で、復讐の糸を引いたのは、秀吉の出世をねたむ佐久間、林の老家老と、織田家の北国の守護職を自任する柴田《しばた》勝家《かついえ》である。特に勝家は、秀吉離脱の後、意気込んで上杉軍に挑戦し、大敗して大恥を掻いた張本人であった。

各地の将に、（摂津では秀吉に一切協力無用）の秘密の指令を出したとの噂《うわさ》まである。

万策尽きた秀吉は、尼子一族を見殺しにした。更に中国戦線の指揮権を、一旦は信長の嗣子《しし》・信忠に返上する、という最悪の選択を余儀なくされた。

一番出世を自任する秀吉、一世一代の不覚であった。

この間の交渉の過労と心痛が祟《たた》り、半兵衛の持病の労咳が一挙に昂進し、大量の喀血《かっけつ》となった。急遽《きゅうきょ》、半兵衛を小一郎の現地の居城・竹田城に収容し、療養に専念させたのは、昨年八月である。

だが、二カ月後の十月、今度は秀吉の中国戦線の唯一の僚友・荒木村重が、織田軍に反旗を翻すという事件が持ち上がった。これを知った信長から、名指しで「竹中半兵衛を村重説得に行かせよ」との内々の指示が下った。小一郎は、

「お断りくだされ。兄者は半兵衛殿を殺す気ですか」

と強硬に反対したが、秀吉は、ここでも安土に断りを言い出せなかった。半兵衛もまた、男らしく黙って秀吉の懇願に応じ、摂津有岡（現・兵庫県伊丹市）に向かったのである。

「余の同情を得る時は、勝手に押しかけてきた癖に、余の命令は聞けぬと申すのか」という信長の皮肉交じりの叱責が目に見えていた。それが恐ろしかった。

説得も空《むな》しく、半兵衛は五日後、戻り駕籠一面を喀血で赤く染め、失心状態で竹田城に戻った。折りからの初冬の寒雨に、見るに見かねたのであろう。村重は、帰路の半兵衛に、白い小さな包みを与えていた。微《かす》かに伽羅《きやら》の香りがした。「多志《たし》

(村重の後妻)の懐炉《かいろ》じゃ、抱いて行け」と村重は言ったという。このとき、半兵衛は村重の友情に、初めて男泣きした、と秀吉は人伝《ひとづ》てに聞いた。

以後、気落ちした半兵衛は、どっと床についたまま起き上がれなくなった。最後の決断で、半兵衛を洛中の曲直瀬道三の病棟に送り込んだのは、十一月も末のことだった。

その後、小康状態を取り戻したと聞いてこれに気を良くして、転戦に明け暮れていたのであった。

秀吉は、半兵衛の枕辺で動こうともしなかった。いや、動けなかった。昼近く、突然、激しい咳と共に半兵衛は再び喀血した。高熱がぶり返しているのか、顔が赤い。秀吉は急ぎ侍女を呼び上げ、湯で身体を清め、床を改めさせた。

「座らせて下され」

声だけはしっかりしていた。だが、半兵衛は新しい床の上で座ろうとして、枯れ木のように倒れかけた。

「寝たままでよい」

「いえ、いけませぬ。皆様とのお別れの挨拶は、正座していたしませぬと」

「わしは構わぬ。そなたとの仲じゃ、堅苦しいことは抜きにしようぞ」

「いえ、いけませぬ」

二度、三度と押し問答の末、侍女に支えられるようにして半兵衛は床に正座した。だが尻に肉が全くなく、腰骨が足に直接食い込んでしまうらしい。秀吉は、早速、自分の部屋の絹綿布団を持ってこさせて腰にあてがった。

「では、改めて聞こう」

秀吉も正座した。そうせずには聞けない気がした。

「その前に、お人払いを願わしゅう存じます」

秀吉は頷いて、小姓、侍女を退去させた。

二人だけになると、半兵衛は声をひそめた。

「四つほど、お願いがございまする」

かろうじて座を保ち、半兵衛は、やおら顔を中空に向けた。喉に痰が絡まないようにするためであろう。その苦しげな姿に、秀吉は、早々に、また目頭が潤んできた。

「一つは、わが愚息のことでござる」

「吉助と云ったな。たしか七歳になるはず。そなたに似て利発な子と聞いているぞ」

秀吉は、懸命に自分の記憶をかき集めて、半兵衛を喜ばせようと努めた。

「お覚えいただき、有り難き幸せ」

半兵衛は窪《くぼ》んだ目に、うっすらと涙を浮かべているように見えた。

「されど、拙者亡きあとは、拙者の戴く禄一切は、殿にお返し致したい。決してわが愚息に、そのままお与え下さるようなことなされませぬように。これが第一のお願いでござる」

言い終わると、祈るようにして細い手を合わせた。

半兵衛の禄は問題にならないほど少ない。それでも死後は息子に渡さないでくれというのである。

「何故じゃ？」

秀吉は不思議に思った。

「《軍師は一代》にございます。わが子、まだ幼少なれば、軍師にふさわしい才ありや否やは分かり申しませぬ。《才ある者に禄を》が拙者の日頃から説く所なれば、親の禄を当然食《は》むが如きは、まずもって軍師半兵衛の子としてすまじき事、させまじき事と心得まする」

半兵衛らしい、諭旨の通った、さわやかな理由だった。

「ほーう、それほどまでに申すなら、そうしよう。だが、せめて吉助に食いぶちだけは送り続けたい。秀吉、そなたにどうあっても、そなたの子との縁を切りとうない」

ぐっと込み上げる物を呑み込んで、秀吉は頷いて見せた。

「くれぐれもお気持ち程度に止《とど》めおきくだされ」

半兵衛の、絶え絶えの口調が続く。

「承知した。で、もう一つはなんだ」

急いで聞いておかねば間に合わないような、嫌な予感がして、秀吉は先を促し、更に聞き耳をそばだてた。

「二つ目は、二度と上月城攻めの時のような、無益な殺生をなされませぬように」

「そうしよう、あのときは、余がどうかしていたのだ。そなたの忠告を無視したばかりに、えらい迷惑をかけた。済まぬ……」

秀吉は素直に詫《わ》びた。

一昨年十二月の上月城攻めであった。秀吉は守将・赤松政範《あかまつまさのり》の降伏申し出を許さず、半兵衛の反対を押し切り、城兵から女子供に至る総勢八百余りを悉く《ことごと》処刑した。

中国遠征に際して、半兵衛と交わした《一兵も損せず、一兵も殺さず》の約束違反である。

尼子《あまご》勝久《かつひさ》を、以後、上月城の在番に置くには、安全確保のために余計者を城の内外に生かしておくわけにはいかない。尼子一族に代わって掃除しておいてやろうという秀吉の判断の誤りだった。

「次はなんじゃ」

秀吉は、肩をすぼめて先を急がせた。

「三つ目は、これからの諜報《ちようほう》の在り方にござる」

「うむ、聞こう」

聞き捨てならぬ話と、更に緊張した。

「昨年、安土に使者として立ち、お屋形さまのご支援を戴きました」

「すべて、そなたの功績じゃ」

「いえ、違いまする。拙者の失敗でございました」

半兵衛は、そっと両手を合わせて詫びた。

「愚かなことを申すな」

「いえ、援軍に戦意なきを読み違えました。申し訳ありませぬ」

「そなたのせいではない。柴田の画策じゃ」

「いえ、そこまでさらに読めぬは、拙者の落ち度でござる。それゆえ、このようなこと、二度と起こらぬようになされませ」

「どうすればよい」

「されば、これからの諜報網は、敵だけでなくお味方にも拡げなければ、この誤りは防げませぬ」

「織田内部にも諜報網を張れと申すのか」

秀吉は呆気《あっけ》にとられた。そんなことは思ったこともなかった。

「さようでございます。これだけ広範な大軍団となれば、誰が、どこで、どのようなことを考えているかを、前もって知ることが欠かせませぬ。特に安土城の内部は……」

「お屋形さまの城にも諜報の網を張れと申すのか」

思わず恐怖で頬に震えがきた。そんな諜者が発覚したら、信長さまにどんな目に遭うか分からない。

だが、半兵衛は平然と続けた。

「その外にも、織田の一族衆、宿老《しゅくろう》、国持ちの武将方。特に、将来、殿の競争相手となる明智様。さらには、朝廷、公家様の動きを知る細川藤孝《ほそかわふじたか》様にも是非に諜者を放ちくだされ」

「分かった」

秀吉は軽く頷いた。

「そのお答え、いささか心細うございまするな。では、三河様のお話を申し上げましょう。三河様は長篠《ながしの》の戦いの後、信州の金山奪取と並行して、それ以上のお力を注いで、多数の武田の諜者を雇い入れましたぞ。いずれ、間違いなく、織田軍団にも、密《ひそ》かにその配備を進められましょうな」

秀吉は、唖然《あぜん》とした。思いもかけぬ畏友《いゆう》家康の動きだった。

「いつ何時、この砦にも、三河の諜者が忍び込むかわかりませぬぞ」

「まさか」

半兵衛は、黙って頭を振った。

「では、どうしたらいい、半兵衛」

「殿も是非、諜者の網を、広く織田内部に配備なされませ」

「あい分かった。しかと約束しようぞ」

「では、最後は、殿のことでござる」

半兵衛の口調に、それとなく力が籠《こ》もったように見えた。

「やはりわしへの意見か。遠慮のう申してみてくれ。覚悟して聞こうほどに」

口では笑ったが、心はなにをいわれるのか、と秀吉は緊張した。

「まず申し上げたきは、殿は、あの『覇王』より大きな器の持ち主ということでござる」

「また、それをいうのか。半兵衛」

秀吉は、思わず目を伏せ、顔を背けた。

『覇王』は、半兵衛から信長批判として何度となく聞いてきた言葉であった。その度に「口を慎め」と大声で叱ってきた。

しかし、半兵衛が織田に帰属した直後の元亀二年の延暦寺焼き打ちに始まり、天正二年の勢州長島の一向一揆の虐殺、同三年の越前一向衆の皆殺しと、延べ十万を超す信長の大量殺戮《さつりく》が続くと、さすがの秀吉も、半兵衛を叱る言葉を失っていったのは事実である。

延暦寺焼き打ちの夜のことは、今もはっきり覚えている。

「全山、皆殺しにせよ。寺院・寺宝の悉《ことごと》くを燃やし尽くせ」

狂ったように命じる信長をよそに、半兵衛と秀吉はどちらからともなく頷きあうと、無言のまま堂宇の裏側に回った。僧侶や女子供を密かに逃がすためであった。

そればかりではない。目ぼしい寺宝の救出に手を貸した。火中を恐れず、寺宝中の寺宝といわれた『阿弥陀聖衆来迎図《あみだしょうじゅらいごうず》』を選びだしたのは、半兵衛の予備知識と眼識の賜物《たまもの》だった。今も、これは長浜城に隠し持っている。いずれ信長の眼を盗んで、然《しか》るべき寺院に奉納しなくてはならないと思っている。

半兵衛にこそ言わないが、秀吉の内心には、あの時以来、

（あるいは半兵衛の言うとおりかも知れぬ）

という疑惑の雲が、ぽっかりと浮かび上がり、黒々と心の中に広がり始めていた。

だが、この期《ご》に及んでも、自分から、言い出す勇気がなかった。

「いえ、いえ、最後に言わせて戴きまする。諂《へつら》ってこのようなこと申し上げるのではありませぬ。死にゆく者が、なんで今さら殿に諂いましょうや……」

半兵衛の激しい口調が更に一段と高くなった。その分、声がかすれ、息も絶え絶えになっていく。

「……殿のお働きは、まこと唐の詩人顧況《こきよう》の句にございます『雪を担《にな》って井を埋《うず》む』の譬《たと》えに似て、無駄骨でござる。拙者、かねて申し上げている通り、殿は、い

つまでもあの『覇王』の手先であってはなりませぬ」

「だがのう」

秀吉は、口をへの字に曲げて天井を睨み続ける。

「殿は、かの『覇王』を早急にお捨てになるか、さもなければ、踏み台として利用されなくてはいけませぬ……」

そっと横目で覗くと、半兵衛の窪んだ目が、恐ろしいほどぎらぎら光ってこちらを見つめていた。慌てて、また天井に視線を避ける。

（踏み越えたいは、山々だが……）

秀吉には、一介の小者から取り立てられ、以後牛馬のように働いて這《は》い上がる間に、卑屈さが染みついてしまった。それが現状打破の気持ちを邪魔する。

（俺はお屋形さまを踏み台にはできぬ。できぬのだ）

そう囁《ささや》く、なにか屈折した感情である。

だが、半兵衛の今際《いまわ》の言葉に、自分を改めて問い直す気持ちになったことは確かである。

「殿、信長公の最近の所業は、天道に背くこと甚だしく、怨嗟《えんさ》の声は世に満ち満ちております。半兵衛には見えまする。彼の人がいつか転ばれるお姿が……もし、いつまでも転ばぬようなら、拙者、六道輪廻《ろくどうりんね》をのたうちまわり、揚げ句は地獄に堕ちるは必定《ひつじょう》なれば、必ず閻魔《えんま》に願い出て、早々に彼の人を地獄に引きずり込みましょうぞ。されば、殿も心しておられよ。そろそろ突き放した目で、彼の人と、ご自身をご覧なされませ……」

声が震えた。

「半兵衛、そなた、わしに返り忠せよというのか」

「そうまでは申しませぬ。が、しかし、ご自分で手を出されずとも、『覇王』を地獄へと導く手だてはござろう」

「地獄へ導く？　どのようにじゃ」

秀吉は、半兵衛の激しい言葉に、つい誘われた。

「『中国攻めに是非お力をお貸し下され』と願い出て、信長父子を備中に呼び出しなされては如何《いか》に。後はご自分で手を下さずとも、然《しか》るべく毛利方に方策を練らせることもできましょうぞ」

「なに、信長さまをお呼び出しして、後は毛利に殺しの方策を練らせるじゃと？どういう意味じゃ、それは」

「然るべく、あの安国寺《あんこくじ》……そう、あのご坊と相談なされ。必ず道が開けましょうぞ」

「安国寺？　そのほう、恵瓊《えけい》と、そのような、おそろしい話をしていたのか……」

膝が、がくがくと震え始めた。

安国寺恵瓊。京都東福寺の僧侶である。永禄十二年（一五六九）に安芸《あき》安国寺の住持を兼ねた頃から毛利方の使僧となり、中央の将軍や織田家との連絡係を務めるようになった。天正元年（一五七三）十一月、信長は、反抗的になっていた足利義昭の説得に恵瓊を使者として起用。秀吉も信長に命じられて恵瓊とともに大坂に赴いた。これをきっかけとして二人は、肝胆相照《かんたんあいて》らす仲となった。

しかし、織田家が中国進攻を開始してからは、毛利との関係は断たれた。昨年は、恵瓊が摂津の荒木村重に謀反を薦《すす》め、その寝返りに一役買ったことから、今では織田方にとっては不倶戴天《ふぐたいてん》の敵僧である。

（そんな坊主の名が、なぜ半兵衛が口からでるのか……）

秀吉は震える膝をにじり寄せて、その後を聞こうとした。

だが、ここまで言うと、半兵衛は突然、ううっと口を塞ぎ、床の上にかっと喀血した。

「誰か！　誰かおらぬか」

慌てた秀吉は、思わず侍女を呼んだ。数人の男女が、階下から飛んで来て、半兵衛の身体を支えた。それでも秀吉は、半兵衛の手を取って離さなかった。

（今の話の続きを聞かねばならない）

と思った。それには侍女たちが邪魔だった。早まったことをした、と後悔したが、もはやこの期に及んで取り返しがつかない。

「どうした半兵衛！　しっかりせい。話はまだ終わっておらぬぞ。その先を聞かせてくれ。後生じゃ。あの坊主とは、どんな話になっているのじゃ。わしは、これから何をしたらいいのじゃ。頼む、半兵衛。聞こえぬのか。のう、半兵衛！」

秀吉は、動転し、がんぜない幼児のように哭《な》きながら、半兵衛の薄い胸板を、いつまでも揺すり続けた。

半兵衛は顎《あご》が上向きとなり、苦し紛れに血反吐《ちへど》を吐き続けた。これが更に大量の喀血を招いた。最後は一瞬、仰《の》け反《ぞ》りに反り返り、ばたりと秀吉の胸のなかに倒れこんだ。

その死顔には、かすかに安堵の笑顔が浮かんで見えた。

竹中半兵衛、享年三十六。あまりにも若すぎる黄泉《よみ》の国への旅立ちであった。

4

数日後——。

秀吉は、信長から安土出頭命令を受け、慌ただしく三木を後にした。いつものことだが、参上の理由は明示されていない。

秀吉には、心の師・半兵衛を失った痛手と重なり、気の重い道中となった。

秀吉は、来し方を考え続けた。

二十二歳で織田家に仕えて以来、四十歳を迎えるまでは、信長さまを恐ろしいと思ったことは一度たりともなかった。懐の暖かさ、広さを信じて飛び込めば、お優しい方だと思って夢中で随《つ》いて行った。

ところが、四十一歳を迎えた一昨年。柴田勝家を総大将とする越前一向宗《いっこうしゅう》戦への援軍を命じられた時に、一つの転機が来た。

(やっぱり、あれは男の「前厄」というものだったのか)

今でこそ笑って思い出せるが、あの時は、内心、切羽詰まった心境だった。

北陸戦線への出立《しゅったつ》に先だって開いた摂津での軍議で、竹中半兵衛と黒田官兵衛の二人が、こぞって遠征に反対したのである。

官兵衛の反対は地元事情の不安にあった。

「殿が摂津ご不在と分かれば、やっとの思いで織田方に引き入れた摂津の諸将は、再び動き出しましょう。毛利方に再度寝返られる恐れがあります。なにが起きるかわかりませぬぞ」

と警告した。半兵衛も同意見だが、その反対は、もっと根源を突いていた。

「今度の越前一向宗戦は、その背後の上杉謙信との会戦が問題でござる。相手が謙信では、柴田様では器量が違い過ぎまする。大敗必至となりましょう。それに、彼の人（勝家）、殿と生来不仲なれば、わざと上杉軍との戦いに、我ら羽柴の先陣を命じる恐れもありまする。さすれば、我が軍の被る被害は想像を絶するものとなりましょう。徳川様同様、今回は参戦せぬが最良の策。せめてそれが叶わぬなれば、わざと遅参なされるか、参加早々にも『摂津に不穏な動きあり』とでも申し立てて、お戻りなされるかのどちらかでござろう」

三人の考えた苦肉の策が、北陸戦線での柴田勝家との、他愛ない喧嘩であった。

仕掛けたのは秀吉。単純な勝家は、まんまと秀吉の術策にひっかかった。喧嘩の席上、摂津戦線に謀反の噂あり、との留守居役の官兵衛の偽手紙を持ち出し、もっともらしい屁理屈を並べて、羽柴軍団は、北陸戦線を無断脱出したのである。

そこまでは計算どおりだった。が、信長の眼はごまかせなかった。長浜に帰って、蟄居《ちっきょ》閉門中、結局は安土に呼び出され、こっぴどい軍令違反の叱責を受けた。

もっとも、北陸戦線の結果は、半兵衛の判断の正しさが実証されて終わった。残った柴田軍以下の織田・北陸軍団は、上杉軍の前に、なすところなく蹂躙《じゅうりん》され、這々《ほうほう》の体《てい》で越前加賀を捨てた。

秀吉も、あのまま残っていれば、先陣となり、逃げるに逃げられず、命を失ったかもしれない。

この北陸戦線離脱事件を転機に秀吉の信長を見る眼が変わった。心の中に、信長との間に微妙な「すきま風」が流れ始めたのである。生まれて初めての経験だった。

「それにしても、今度の急のお召しは何であろうか」

(「あの秘密」の件なら大事《おおごと》だな)

道の両脇の稲田の、青い穂をぼんやりと見つめながら、秀吉は遠く安土の信長の三白眼を思い出して、ぞっと身震いした。

「あの秘密」とは——松寿丸《しょうじゅまる》(官兵衛の子)隠匿の件である。松寿丸、当年十二歳。一昨年秋、別所長治《べっしょながはる》の老臣・別所重棟《しげむね》の娘と夫婦の形で信長方の人質となり、秀吉が長浜城に身柄を預かった。官兵衛の旧主側の別所氏が信長に人質を出すのを嫌ったため、織田家との狭間に立って両者の斡旋《あっせん》に苦しんだ官兵衛が、自分の長子を一緒に人質につけて差し出す、という苦渋の選択をしたのである。

その後、昨年十月、荒木村重の謀反が起きた。官兵衛は竹中半兵衛が説得に失敗して戻ってくると、自ら最後の説得の使者を買って出て、そのまま有岡城で行方知れずとなった。これを信長は、官兵衛の裏切りと決めつけ、「人質の松寿丸を殺せ」と秀吉に命じたのである。処置に窮した秀吉は、小一郎の竹田城で療養中だった半兵衛を訪ねて、下問《かもん》した。

「殺すなど滅相もありませぬ」

半兵衛は、言下に拒絶し、満面を朱にして信長への怒りをぶつけた。

「裏切りの証拠もなしに、人質の命を奪えば、万一、官兵衛殿に裏切りなき時、取り返しのつかぬことになり申す。なりませぬ、殿」

半兵衛は必死で訴えた。

「しかし、官兵衛の裏切りが本当なら……」

正直な所、秀吉には自信がなかった。官兵衛という男が、今一つ信用できなかったのである。

（あまりにも要領がよすぎる）

顔、形こそ違え、まるで自分を鏡で見ているような気がして、気持ちが悪かった。

ところが、半兵衛は、この不安をさらりと打ち消してくれた。

「いや、官兵衛殿は裏切りませぬ。決して」

「どうしてそう言い切れる」

秀吉は、半兵衛の、微熱で赤く澱《よど》んだ眼を覗《のぞ》き込んだ。

「官兵衛殿は、才人なれば……」

それだけ言うと、半兵衛は、ぷいと顔を背けた。

「才人なれば？　とは」

思いもかけぬ返事に秀吉はじっと考え込んだ。半兵衛は不機嫌そうに、横を向いたまま黙りこくっていた。

「教えてくれ、その才人の意味を」

秀吉は、この時、自分が哀れっぽく頼み込んだこと、そして半兵衛が、渋々答えた言葉を、今も昨日のことのように覚えている。

半兵衛は、やっと口を開いた。

「官兵衛殿は、荒木村重に勝算なきは、とくとご存じのお方。されば、そのような村重にお味方するはずはございませぬ。官兵衛殿に限って」

　そこまで言われてわかった。我ながら迂闊《うかつ》だった。半兵衛は言葉を選んで「才人」といったが、それは同じ参謀仲間を傷つけないための婉曲《えんきょく》話法だったのである。「打算の人」といえば、もっとはっきりする。打算に長《た》けた官兵衛なら、負ける方に味方するはずはないという意味であった。

「では殺されたか」

　秀吉は、この時、更に哀願するように聞いたものだ。

「いえ、それもござりますまい。村重殿は、お屋形さまのように、無益な殺生を好む方ではありませぬ。有岡籠城に当たっても、敵方の明智様の娘であらせられる自分の息子の妻女を、お返しなされました。自分を裏切った高山右近様の人質までもお返しなされた方でございます。村重殿は、官兵衛殿を殺すことはありませぬ。きっと、どこぞに捕えているに違いありませぬ」

「では、松寿丸はどう処置したものか」

　腕を組み、思案にあぐねる秀吉の顔を、半兵衛はしばらく無言で見つめた。やがて口を切った。

「もし、殿がお許し下されば……拙者、これから治療のため京に戻りますれば、長浜にて、しかるべく処置したと申し上げて、ひそかに松寿丸様を菩提山城にお預かりしてもよろしゅうございる」

「やるか！　そこまで」

秀吉は天を仰いで叫んだ。

「それでは、お屋形さまのご命令に逆らうことになるが……」

「殿は、また万福丸様で味わったお苦しみ、もう一度お味わいになりたいのでございますか」

「いやじゃ。二度とあのようなこと、金輪際、御免こうむる」

秀吉は、肩まで震わせた。

思い出すのもおぞましかった。

万福丸で味わった苦しみとは、六年前の浅井攻めの後、秀吉が信長に命じられて市の子・万福丸を捜索したことから起きた。戦火の後で、信長が、甥の安否を気遣うのか、と思った秀吉が、八方手を尽くして越前敦賀に隠れていた万福丸を捜し出し、湖北の木之本《きのもと》で信長に引き合わせた。みぞれまじりの風の吹き荒れる初冬十月十七日のことである。

思いがけぬ命令が飛んだ。その場で、この幼い甥を、田楽刺しに殺せ、というのであった。

命じられた秀吉の部下も、一瞬、信じられぬという顔で、秀吉に助けを求めた。が、自分は、見て見ぬふりして顔を背けた。

今もその時の、自分の意気地の無さに胸が痛む。

凶行は一瞬だった。だが、お側に控えていた秀吉には、恐ろしく長い時間のように思えた。それは、宙に舞った万福丸の、糸を引くような、か細い悲鳴で始まった。細い白綸子《しろりんず》の腹の中心を、下から的確に銀色の刃が襲う。と、次の瞬間、白刃は幼児の腹を突き抜けて天空を指し、どっと吹き散る紅の滝と化した。

秀吉が思わず顔を背けた時、

（見事！）

と叫ぶ声がした。信長だった。その冷え冷えした声だけが、空しく庭一面に響き渡ったのである。

「お察しいたしまする。そのためにも松寿丸殿は、是非、拙者の許に。決して殿にご迷惑はお掛け致しませぬ。すべて半兵衛の独断ということで処置させて下され……」

半兵衛は笑って言い切った。

「ならぬ。それはならぬぞ。松寿丸隠しとなれば、その責めは、わしも負う。そなたとの心中じゃな」

秀吉は苦笑いしてみせたが、事の重大さに顔が引きつった。

「では喜んで、ご心中つかまつりましょう……」

半兵衛は、再びにっこり笑って答えた。その顔には些《いささ》かの動揺も不安もないように見えた。

先の万福丸の苦い経験が秀吉に腹を括《くく》らせた。

秀吉が、松寿丸を成敗したと偽って、半兵衛の菩提山城に匿《かく》まったのは去年十一月のことである。

二人が、北陸戦線の脱走に続き、信長の二度目の命令違反を敢えて犯した出来事だった。

(あの半兵衛のことだ。まさか手抜かりはないと思うが……)

大船に乗った気でいても、その肝心の共犯者の半兵衛が、すでにこの世の者でない不安は、どうしようもない。

秀吉は馬上で、再び震えた。

（ええい、ままよ。やはり、今回参上のお叱りは、三木城攻めの甘さよ。そうに違いない。その方がかえって罪が軽いわ）

弱気の虫をふるい落とすように、秀吉は馬に鞭《むち》をくれた。

5

安土城に到着した秀吉は、極彩色の鴛鴦《えんおう》の描かれた十二畳の対面座敷に、一人ぽつねんと待たされた。すでに小半刻が過ぎたが、なんの音沙汰《おとさた》もない。声一つ聞こえてこない。いやでも、二年前の天正五年九月、この同じ場所で体験した恐怖が蘇ってきた。

北陸戦線を独断で帰国し、長浜に蟄居《ちっきょ》閉門していた秀吉に、信長から呼び出し状が来た。叱責されたとしても、まさか切腹まではあるまいと、秀吉は、当初は高を括っていた。

だが部下たちのほうが騒然となった。病身の半兵衛まで、駕籠にも乗らず秀吉と馬で随行を申し出た他、播州からは小一郎、蜂須賀小六、前野小右衛門の三将までが駆けつけた。秀吉も、参上の日が近づくにつれて、次第に不安が募っていった。

当日、秀吉は、空元気をつけるために、案内の茶坊主の後を、大声で「筑前でござる。ご無沙汰致した。筑前でござる」と連呼し、城中に愛想を振り撒《ま》いた。だが、いざ、対面の座敷の唐紙の前までくると、弱気の虫に負けて、思わずへたりこんだ。

「筑前、ただ今、罷《まか》り越《こ》しましてございます。こたびのこと、平に、平にご容赦くだされ。これこのとおりにございます」

咄嗟《とっさ》の思いつきだった。腰の小刀を引き抜くと、思い切って髷《まげ》を切り、ざんばら髪になった。額を廊下に擦《こす》り付けるように平伏を続けながら、おいおい泣き始めた。

秀吉、一世一代の演技。

だが、秀吉は演技しながら、いつか本気で泣いていた。

(四十面《づら》を下げて、なんというざまか。俺はやはり猿よ、信長の猿回しの猿よ)

自嘲《じちょう》の叫びの中で、とめどなく涙が込み上げた。廊下が、涙と鼻水と、それを拭く自分の懐紙で散らかった。

どれほどの時がたっただろうか。今になって考えても分からない。不意に唐紙がすっと音もなく開いた。

「お屋形さま！」

　と叫んで顔を上げたが姿はない。秀吉は、恐る恐る敷居ににじり寄った。突然、首筋に冷たい物が当たった。

　お手打ちか！　一瞬、恐怖が走った。だが、痛みはなかった。

「愚か者！　峰打ちじゃ」

　信長のかん高い声が頭上に響いた。


（あれからまだ二年たっておらぬ）

　いやな記憶を振り払おうと、秀吉は自分の膝を思いきり抓《つね》った。だが、想念は逆に、悪いほうへ悪いほうへと走っていく。

　もしや、松寿丸隠匿が発覚したのではないか。あるいは半兵衛が死んだことで、菩提山城の者が、自分たちに隠匿の罪が及ぶことを恐れ、松寿丸の件を信長に自白でもしたか。

　半兵衛の死後、悲しみと葬儀にかまけて、菩提山城に然るべき手を打たなかったことが、悔やまれてならなかった。

　更に待つこと四半刻《しはんとき》近く、ようやく小姓が一人、静かに近づき、告げた。

「筑前守様、お屋形さまが、お居間までお越しになるように、とのことでございます」

（ふーっ）と、秀吉は安堵の吐息を漏らした。

信長の叱責は、織田軍団に恐怖効果を徹底させるため、城中の側近や小姓の居並ぶ対面座敷で行われるのが常である。自分の居間に呼び入れるのは叱責ではない。なにか特別な打ち合わせを意味した。

現金なもので、そう思い直すと、秀吉はいつものように威厳たっぷりに返事した。

「ご苦労。承知つかまつった」

信長の居間まで上ると、襖《ふすま》の前で平伏して叫んだ。

「筑前、お召しによって罷り越しましてございます」

おずおずと顔を上げると、襖が音もなく開かれた。

信長が、一人、居間の中央に絹襦袢《じばん》一枚で座り、地図のような書面を広げているのが見えた。

生まれつきの痩身《そうしん》だったが、今は襦袢一枚でも、なんとなくふっくらして見える。

積年の強敵・上杉謙信が、昨年三月、出陣を前にして、戦わずして卒中で消えた。その精神的な安らぎのせいであろう。最近は、城にこもりきりなのか、顔と手はまぶしいほど白さを増していた。

信長は、顔も上げずに、

「筑前、待ちかねたぞ」

と声を掛けてきた。声の調子と、「筑前」という呼び掛けで、機嫌がいいのが分かった。気をよくして、急いで正面まで伺候《しこう》し、再度、型通りの挨拶を繰り返すと、秀吉は早速に、

「遅くなりまして申し訳ありませぬ。実は、お屋形さまからお預かりしておりました、かの寄騎の……」

と、まず半兵衛の死の報告を切り出した。

「お預かりしていた寄騎云々」という意味は他でもない。九年前の元亀元年、秀吉は、辞を低くして半兵衛を自分の部下に加えたが、信長は最後まで、半兵衛を「虫の好かぬ奴」と思っていた。《預かり寄騎》とするなら、部下にすることを認めてやると言われ、秀吉は、「名を捨てて実を取った」のである。従って、ここでは、その《預かり寄騎》の死の報告から始めるのが筋と思った。

だが、信長は手を振って秀吉を制した。

「その話、無用ぞ。猪子《いのこ》（兵助）からすでに報告を受けておる。あの労咳病み奴《め》が往《い》んだのじゃな。可愛げのない奴じゃったが」

抑揚のない、ぞっとするほど乾いた言葉が返ってきた。

「はっ？　はい」

秀吉は一瞬、答えに窮した。

「余になびかぬ者は、みな早く死ぬ。信玄も謙信坊主もそうじゃ。以後、心しておくがよい。それより筑前、これじゃ」

半兵衛の話題は、いともあっさりと打ち切られた。弔意も哀悼の言葉も、信長からは聞かれなかった。

仕方なく秀吉は信長の指し示す方向に目を向けた。

「見よ。これが本能寺じゃ」

「本能寺？　はあ」

聞いたこともない寺名だった。

「知らぬか？　知らぬのも無理はない。小さな、つまらぬ寺じゃ。こたび、これを法華の坊主共から取り上げたのじゃ」

信長は、さも愉快そうに、ここで、からからと笑った。

秀吉も、つられて愛想笑いして見せたが、遠く三木にいたため、この年、五月に行われた有名な《安土宗論《しゅうろん》》の、詳細な経過を知らなかった。

「そなたを呼んだは、他でもない」

信長は、委細構わず話を進めた。

「そなたの配下には、今も多くの金掘（坑夫）がおろうな」

秀吉は勢いよく答えた。

「居ります る、居りまする。いずれ生野《いくの》の銀山を手に入れれば、さらに金掘坑夫の数は増やせまするる」

いつもの軽いのりの言葉が、口からするすると出た。

「多くは要らぬ。取り敢えず腕利きの穴掘りを数人呼べ」

信長の声がさらに明るく聞こえた。

「そして穴掘りに命じて、ここからここへと、抜け穴を掘らせよ。どの位の日数と金がかかるか、それをまず知りたい。筑前、そなた覚えておろう。永禄の初めに、そちに言われて泊まった京の旅籠《はたご》の土蔵部屋よ。そこで見た抜け穴。あれを掘らせよ、というのじゃ。もっと大掛かりなものを」

信長の言葉に、秀吉は、あっと思った。

が、わざととぼけて見せた。こういう時、先に立って自分の記憶や知識を披瀝《ひれき》してはならない。明智光秀がよくやる失敗を、秀吉は《他山の石》として見てきた。

信長に喋《しゃべ》らせて、さも感心して見せるのが、この気難しい主人に気に入られるこつである。

秀吉は、日頃のしたたかな自分を取り戻していた。

「京の土蔵部屋でございますか？　はて、さて」

額を数回、大袈裟《おおげさ》に叩いて見せる。

「こやつ、忘れたか。いや忘れたとはいわせぬぞ。それ、そなたの勧《すす》めで妙心寺に替えて泊まった、京の宿の奥の土蔵部屋よ。その床下に抜け道があったであろうが、愚か者め」

信長が愉快そうに笑うのを見て、

「あっ、思いだしました。あまり昔のことで、つい失念いたしましてございます。いやはや、お屋形さまのご記憶には、ただただ恐れ入りましてございます」

床に平蜘蛛《ひらぐも》のように平伏すると、秀吉はそっと笑いを嚙《か》み殺した。


今から二十年ほど前、永禄二年（一五五九）のことであった。

当時、尾張の片田舎の青年武将に過ぎなかった信長に、将軍・足利義輝から突然、京で会いたいという声がかかった。この時の宿泊所として将軍が指定してきたのは、二条武者小路の妙心寺であった。

妙心寺は、五山十刹《さつ》のほかではあるが、臨済宗妙心寺派の総本山。寺域は広大で、庭園も優れる名刹である。

当初、極秘行のつもりだったが、小さな織田家中では、秘密は守れない。信長本人も、上洛《じょうらく》を秘密にする気がなかった。

だが、当時、藤吉と呼ばれる小者に過ぎなかった秀吉は、この突然の将軍の招聘《しょうへい》に疑惑を持った。

なにか伏線があるに違いないと感じた。

（そうだ、これを調べて出世の糸口にしよう）

ただの「ひょうげた小者」から脱皮する道は、これしかない。

二月の上洛ぎりぎりを待って、意を決した藤吉は、昔の針売りに変装して、母の病気見舞いと称して休みを取り、東海道を京へと上った。

針売り時代に何度も行商した街道である。裏道一本までそらんじていた。その鈴鹿峠の東側、当時《伊勢路の五宿》と呼ばれる石薬師《いしやくし》、庄野《しょうの》、亀山《かめやま》、関《せき》、坂下《さかした》の宿場で、藤吉は、各々《おのおの》四十人ほどの正体不明の集団が屯《たむろ》していることを発見した。思い思いに高野僧、伊勢参りの町人衆などを装ってはいたが、駿河訛《なまり》だけはごまかせないのだ。

藤吉は十五歳から、京で仕入れた木綿針を、東海地区を中心に売り歩いた後、三年間、今川家の家臣で、曳馬《ひくま》(現・浜松)頭陀寺《ずだじ》城主だった松下加兵衛に仕えたことがある。馴れた駿河言葉と、木綿針の商いで蓄えた小金を餌に、彼らと、その懇ろになった宿場女郎たちを籠絡《ろうらく》し、藤吉は衝撃の事実を摑んだ。

将軍と今川義元が結託し、上洛する信長を暗殺しようと画策していたのである。

「第一波の攻撃は、宿泊する妙心寺。攻撃軍は、将軍直属の軍勢を含め総勢五百余。万一そこで取り逃がしても、帰路の志那(現・草津)で待ち構えて信長の暗殺を遂行する。ここでの総勢は今川軍八百」

藤吉が苦心の末に得た秘報である。

志那は、東海道と東山道の岐路である。前夜、妙心寺を運よく脱走できたとしても、京からは、どちらから帰るにしても、通らねばならない。総勢八十人に過ぎない信長の武力では、とうてい逃げ切れない。

この秘報を信長に、どのようにして伝えるかには苦労した。それだけに秀吉の記憶は、今なお鮮明だ。

(あれは、清洲《きよす》城の「梅の間」での上洛の打ち合わせだったな)

常連の出席者は、三家老(林、柴田、佐久間)と勘定方奉行、座敷奉行、宿奉行、軍《いくさ》奉行、小荷駄《こにだ》奉行。自分は信長さまを馬で警護する馬廻《うままわり》衆の末席の小者に過ぎない。梅の間から、はるか遠い庭の隅で、会合の様子をそっと窺《うかが》い知るのがやっとであった。

討議では、義輝と、どのような規則、礼節をもって会うのか、その時、どのような着衣がふさわしいのか、といった下級貴族の「田舎わたらい」仕込みの、愚にもつかない礼式の話が長々と続いた。

最後の最後に、宿泊場所と道筋の話となったが、それも部屋割りや道中の序列の取り決めが中心だった。遠くから見ていても、信長は終始つまらなそうに庭を見て欠伸《あくび》しているのが分かった。

藤吉は腸《はらわた》が煮え繰り返った。今にも散会という直前、思い余った藤吉は遥か遠くから大音声《だいおんじよう》で絶叫した。

「あいや、しばらく。上洛の件につき、拙者に存念がござる」

叫ぶやいなや、庭の隅から、脱兎《だつと》のごとくに「梅の間」に向かって走り出たが、途中、護衛の部下に突き飛ばされ、庭先で転げて額に大きな瘤《こぶ》を作った。

出席の面々はどっと笑い、信長を顧みた。

「無礼者」

という叫びを誰もが期待したのであろう。だが、

「猿か？　なんじゃ、申してみよ」

信長は、静かに微笑を浮かべ、

「遠すぎる。近こうよれ」

と言われた。この言葉に満座は驚き、家老たちは目を剝《む》き、

「殿、ご酔狂もほどほどに」

と口々に叫ぶ声がした。が、藤吉の血は躍った。

瘤の痛みも忘れ、座敷に飛び上がり、平伏すると、懐からおもむろに、自分で手書きした地図を差し出した。各宿場に配された今川勢の人数と妙心寺の夜襲想定図である。

「八つの宿場に、駿河勢各々四十人。特に志那付近の社寺や商人宿には十カ所に分かれて総勢二百人以上が潜伏しております。京にはこれ以上の軍が町中に分散していると考えなくてはなりませぬ」

軍奉行の面目丸つぶれの報告となった。

「宿場と、妙心寺の情勢、あいわかった」

信長は顔色一つ変えず、それだけを言うと、しばらく黙考の末に訊ねた。

「それで、そちになにか存念があるのか」

「ございます、ございます」

待ってましたとばかり、藤吉は答えた。

「申してみよ」

信長の顔に笑顔が浮かんだ。それ一つを頼りに、

「それでは、お人払いを願います」

藤吉は、小さな胸を思いきり膨らませて叫んだ。

「おのれ、下郎分際が、なにを言う」

大男の家老の一人が刀を握って立ち上がったのは、この時である。

柴田勝家だった。

それを見た信長は、手で勝家を制し、

「猿、余に付いて来い」

と席を立った。藤吉は飛び上がった。

藤吉が連れてこられたのは、信長の居室。左右は信長の寝所《しんじょ》である。

「お屋形さまのお命にかかる大事。ご無礼の段は幾重にもお許しを。どこに細作《さいさく》がいるかもしれず」

一応は謝って見せたが、元より本心ではない。

「くどい。言いたいことだけ言え。短簡に」

信長は、ぷいと横を向いた。こわい顔だった。

「二つお願いがございます。第一が京の宿泊所。今ご予定の妙心寺は、おやめ戴き、京の町中、室町通上京裏辻にある小さな旅籠にお泊まり戴きたい。もう一つは、帰路、東海道も東山道も避けて戴きたいのでございます」

「余に、どこを通れというのだ」

信長は眉を顰《ひそ》めたまま、後の街道のほうから訊ねた。

藤吉は、おもむろに地図を懐から出して、信長の前に広げた。

「八風《はっぷう》峠越えでございます。荷はすべて東海道に託し、お屋形さまには、身一つで京を馬で駆け抜けて戴きます。琵琶湖西岸を走り、途中から船を仕立て、対岸の近江八幡にご上陸なされませ。そして八日市から東に向かい、永源寺、杠葉尾《ゆずりお》、片瀬を経て国境の八風峠を越えまする」

「これを八風峠と申すのか」

信長は地図を手にとって確認した。

「はい、近江の商人が東国に向けて通う道でございます。案内は拙者にお任せ下され。馬は使えぬ難関。ここは一目散に走り抜けるしかありませぬが、切畑、田光《たびか》を経れば、桑名は目前でございます。京から数えて清洲まで、ざっと二十七里。京を払暁《ふつぎょう》に出られて、翌日にはお帰りになれると存じまする」

「面白い。そちのいう通りにしよう。しかし、上京にあるという、その宿なるもの、そちは調べたか」

信長は続けた。

「はい、下検分、抜かりありませぬ。旅籠は入口が一見小さけれど、中は意外に広く、お泊まり戴くのは土蔵の蔵造り部屋。古風、典雅《てんが》にて、お屋形さまのお気に入るかと」

「そのようなことはどうでもよい。なにゆえそこを推奨するのじゃ」

「小さいからよいのでございます」

「ほーう、小さいからよいとは？」

信長は意外な顔をした。

「広い妙心寺では、知らぬ間に敵に囲まれても、判りませぬ。判った時は、すでに蟻の出る隙《すき》もないと思われます。この旅籠は逆。入口と通路が小さければ、異変はすぐに中まで伝わります。いざという時は、床一つめくれば、二筋違う道筋まで抜け穴が……」

「抜け穴か。なんのためにあるのじゃ」

「大方、京の生臭坊主どもが、おなごでも引き入れたか、坊主の朝帰りのからくりでございましょう」

「はははは。面白い。気に入った。よし、そこにしよう」

二つとも即決であった。二人の密会はそこで終わった。

後は、なに食わぬ顔で元の梅の間に戻った。

以後、藤吉が神妙な顔で押し黙ったのを見て、他の者はてっきり藤吉が叱られてしょげていると錯覚した。だが、藤吉の胸は興奮で高鳴っていた。それを気づかれたくなかっただけである。

(この殿のためなら死んでもいい)

心底からそう思ったあの一瞬を、秀吉は今でも忘れない。

6

「なにをぼんやりしている、この愚か者めが。余の指先を、しかと見よ、ここからそちらへと抜け穴を通すのだぞ」

信長は、手にする扇子の先を、とんとんと叩き、地図をなぞった。それにつられて秀吉は、本能寺から東へ向かって真っすぐ進む信長の白い指先を追った。最後の一点を見て思わずぎくりとした。

南蛮寺！

本能寺のほぼ真東に位置し、直線距離にして一町ほどの距離にある。本能寺の寺領は、南北に長く、東西に短いから、地下道を通して一街を経れば容易につながる。

「穴掘り術者の他、作業する金掘は、いかが調達いたしましょうか」

秀吉は恐る恐る、訊ねた。

「そなたに任せる。ただし術者も金掘も、切支丹《キリシタン》宗徒だけを集めよ」

信長は意外な条件を出した。

「さてさて、それは。金掘の多くは無頼の輩でござれば、果たして宗徒のみ集まるか否か」

「構わぬ。皆、切支丹に改宗させてしまえ」

（そんな無道な）と秀吉は思った。

当時、大衆の切支丹改宗は、織田家の庇護《ひご》の姿勢もあって一種の流行になっていたが、さすがに鉱山の荒くれ金掘までは改宗の波は及んでいない。だが、信長の命令は絶対である。

「心得ましてござる」

そういう他はない。が、こればかりは自信がなかった。

「南蛮寺のバテレンには余から伝えておく。地下に穴蔵の貯蔵所を作るという名目であちらから掘り始め、密かに横穴をこちらへと掘り進むのじゃ。京は火事が多い故、地下に物置く蔵が欲しいと彼らは日頃からそう申しておる。異論はあるまい。その横穴は、本能寺の本堂の裏隅にある水屋の涸《か》れ井戸の底へと辿《たど》れ。そこを上り口とするのじゃ。それ、本堂のここじゃ」

信長は自ら指で図面を示しながら言った。

「全長およそ百五十間といったところか。半年もあればできようの。そなたの戦線報告にも、掘り進む速さは一日一間とあったぞ」

敵の砦を攻め上るのに、敵の眼下の崖に横穴を掘る。真下まで掘り進み、火薬で爆風を起こして砦を崩す。これは秀吉配下の前野小右衛門の発想で、日本で初めて毛利攻めで取り入れた画期的な戦法である。この報告は逐一、秀吉経由で信長に提出してある。この横穴掘り作業の進捗《しんちょく》が一日一間であった。信長は攻撃の報告の子細から、数字を覚えていたのだ。

(余計なことまで報告してしまった)

と思ったが、すでに手遅れだった。

「いえ、途中には崩場《くずれば》もござれば、一日の長さは半分ほどに見込んで戴かねばなりませぬ」

崩場とは土質の不良箇所をいう。秀吉は慎重だった。安請け合いして、後で苦労するのは自分である。

この隧道《すいどう》は、城攻めの場合よりかなり長い。穴が長いと、奥で作業する金掘が(現在でいう酸欠で)呼吸困難から突然ばったり倒れる。これは当時《掻死《そうし》》といって掘り手に恐れられた。それを防ぐために、穴の上部に節《ふし》を明けた大竹を通し、外から「差しふいご」で送風する。だが、その送風力が手動のために距離に限界があり、途中は《継《つな》ぎ差し送風》となる。その分、圧力はさらに弱まらざるを得ない。いきおい、先端の掘り手の員数が限られ、普請《ふしん》作業の速度を落とした。

「そうか。半分しか見込めぬか。それだけ金掘が増えるのは、やむをえぬが、この抜け穴のこと、絶対に他言無用ぞ。金掘を切支丹に限るのは、口が堅いからじゃ。この横穴は、切支丹が、叡山《えいざん》などの乱暴者に襲われた時の脱出のためと信じこませて作れ。その出口がどこかは、決して教えてはならぬ。南蛮寺からはこちらにこさせぬ細工が必要じゃ。よいか」

勝手な、難しい注文だった。

「万一、切支丹以外の金掘が紛れ込む時は、いかが致しましょう」

「殺せ」

信長は蟻でも殺すように事もなげだった。

「ズリ（掘り出した大量の土砂）をいかに分からぬように処分するか、が抜け穴の機密とともに重要でございますが……」

「うむ。それは切支丹宗徒に少しずつ本能寺に運ばせればよかろう。本能寺の土塀を今の三倍以上に高く築く予定なれば、土の用途はいくらもある」

「承知仕りました」

「この普請費用と期間がどのくらいかかるか。至急調べて報告せよ」

十日と言いかけて、秀吉はいつものようにそれを水増しして答えた。そうしておいて短く仕上げれば、信長が喜ぶ。

「二十日ほど戴けましょうか」

「十五日で出せ。いや十日じゃ、遅れるな。この図面、それまでそちに預ける」

信長はそこまでいうと、すっくと立ち上がった。

平伏した秀吉が顔を上げたとき、すでにその姿はなかった。

（やれやれ）

安土城の黒金門《くろがね》を出ると、秀吉はほっとため息をついた。

時刻は昼下がり。そこに近侍《きんじ》の三也を待機させてある。

「福知山に早馬を立て、小右衛門を探せ。余は伊藤道光殿のお屋敷にて待つゆえ、急ぎ上洛せよと伝えよ。よいか」

「しかと」

「伊藤道光殿への事前の連絡も忘れるな」

頷いた三也は、その場で片膝ついて、矢立《やたて》を取り出し、さらさらと二通の手紙を書いた。そのきびきびした処置を満足げに眺めると、秀吉は再び馬上の人となった。

密《ひそ》かに向かうのは京三条の伊藤道光の屋敷である。

（三木に一年いる間に、わしもすっかり田舎者になってしもうたわ。道光から最近のお屋形さまの噂など、とくと聞かねばなるまいて。いったい法華宗とお屋形さまの間になにがあったのか、さっぱりわからぬ。半兵衛のいうとおりじゃ。わしも生き方をここで考え直さねば、あの覇王を超えることはできぬわ）

それには相当の覚悟と決断が要る。

秀吉の胸の内を、自信と不安が激しく交錯した。


京三条に店を持つ伊藤道光の表看板は、洛外所々の秋米収納の総元締である。秀吉の理解者の一人であり、また最大の支持者でもあった。店は季節はずれとあって閑散としていた。しかし、暗い店内に入ると、奥から五十絡みの番頭とおぼしい男が一人すいっと立ち、恭《うやうや》しく一礼して裏手へと秀吉を誘《いざな》った。

一歩でも店の裏手に出ると、そこは別世界である。景色が一変した。深い竹やぶに隠れて点々と続く路地の敷石を眼で追うと、その先に小庭があり、庭をへだてて一見したところ隠者の草庵風の座敷が忽然《こつぜん》と現れた。

後に「茶室」と茶事《ちゃじ》言葉で呼ばれる建屋である。秀吉が座敷を囲む竹垣の中門に向かうと、外脇で亭主道光が中腰に伏せ、恭しく秀吉を迎えた。

《賤主貴客《せんしゅきかく》》の接遇である。

「ご亭主殿、お迎え痛み入る」

秀吉は一礼して客小座敷の貴人口から、ずいっと内に入った。急ではあったが、秀吉の受け入れ準備は、すでに委細万端が整っていた。やがて水屋から現れた道光は、丁重に言った。

「生憎《あいにく》ながら、このたびもまた軍師半兵衛殿の喪中とのこと。粗餐《そさん》にてあい務めることとなりましてございます」

三年前にも、道光は秀吉の妾・南《みなみ》殿との間に生まれた一子・石松丸夭折《ようせつ》の追善の席を設けて、秀吉を慰めてくれたことがある。

「三也めの出過ぎた連絡、迷惑をかけたの」

「いえ、いえ。さすがは羽柴様のご家中からのご連絡、針の穴ほどの手落ちもなく、ほとほと感じ入りましてございます。ともあれ竹中殿のこと、さぞ殿もお力落としでございましょうが、今宵はゆるりとお過ごしくださいませ」

「お心づかい、痛み入る」

信長が半兵衛の死に一顧《いっこ》だに与えなかったのとは雲泥の差だった。

前野小右衛門が飛ぶようにして道光屋敷に駆けつけたのは、三日後である。この間、秀吉は八方手を尽くして、信長が本能寺を手に入れるまでの経過の把握に努めていた。

直ちに秀吉は、小右衛門ほか数人の近侍を連れ立って本能寺を訪れた。道光の屋敷からはほんの目と鼻の先である。すでに僧侶はことごとく追い出され、寺の守備は惟住《これずみ》（丹羽《にわ》）長秀《ながひで》の軍の管理下にあった。ここでの小右衛門の調べは、さすがに秀吉がうんざりするほど綿密であった。結果の報告を受けたのは、さらに五日後、信長との約束ぎりぎりである。

「どうじゃ」

秀吉はのぞき込むように訊ねた。

「ひどく難しゅうございまするな」

腕組みして、やや斜に構えて答えた。

小右衛門の得意の姿勢で、こういう時は、口ほどには困っていないことを秀吉は知っている。

「そうか、やはり難しいか」

秀吉は、小右衛門の内心を見抜きながら、一応は深刻そうな口ぶりに、しばらく付き合う気で言った。

「岩場はありませぬが、崩場が多すぎまする。かなり迂回《うかい》せねばなりませぬ」

岩場だと《石粉一升米一升》というほどに金がかかる。それはないという。だが、このあたりは平安以来の都の中心地に近く、多くの建築物が建てられ、そしてまた戦乱で焼かれている。そのたびに掘り返されては埋められして、粘土質に風化した玉石が混じる土質不良の場所だというのである。

「では、どうすればよいのだ」

「隧道の難しさは長さもありますが、土質に尽きまする。粘土質ならばタヌキ穴でもすみまするが、玉石が混じると、工法が全く変わりまする」

ここからは小右衛門の独壇場《どくだんじょう》である。

隧道は広ければ広いほど、上方と横からの圧力も大きく崩れ落ちる確率が高くなる。これを防ぐには、まず狭い「導坑」を掘り、それを十分に固定させてから、導坑の上方と両側を広げる方法が取られる。いわゆる底設導坑である。上方と両側は掘り広げて少し進むと「支保工」という良質の松の太い丸太を鳥居のように組まなければ危険になる。

小右衛門は、得意げに説明を続けた。

「丸太の太さは、この土質では六寸物が必要でござろう。およそ、四、五尺おきに、上と両脇で三本ずつ要ります」

「どえりゃーぎょうさんになるが」

秀吉は、会話を和らげるため、わざと尾張弁でおどけてみせた。

「さらに、この丸太と丸太の間に、《矢木》と称する丈夫な樫《かし》の板を、かけやをふるって打ち込んだほうがよろしゅうござる。その上で天井と両脇は丈夫で厚い松板を張り、土圧を防がねばなりませぬ」

「樫板に松板だな。それも相当な枚数になるの。ズリはどうする」

「それは、モッコでの運搬しかありませぬ」

「モッコ運びは切支丹に限るといわれるが、どうじゃ」

「仕方がありませぬ。金を出して木の十字架でも持たせて、にわか切支丹に仕立てることでしょうな、名札代わりに。それにしても途方もないことをお考えになるお方ですな、お屋形さまは。いったい誰の攻撃に対してこのような脱出坑を必要とお考えなさるのでしょうか。いまどき、我が織田家に弓引く者など、この五畿内におりましょうか。道楽にしては、ちと金がかかり過ぎる気がいたしまするが」

「構わぬ。どうせお屋形さまの費用じゃ。しかし、大方モッコ担ぎには、ろくな賃金を払われないのではあるまいかの。神への奉仕とかいう名目をつけてな。その分こちらの持ち出しになる。それを見越して、材木費用を、どんと水増ししておけ。木材を我々以上に安く手に入れられる者は織田家にはいないゆえ、誰もわからぬわ。惟住にはわしがうまく取り繕うゆえ、そちは数字の上でもっともらしくな」

「承知いたしました。ご安堵下され」

「で、最後に普請の期間だが、いかほどに申し上げようぞ」

「半年では無理でございます。その五割増しということで」

「では、一年と申し上げよう。それでよいな。となると、最後は本能寺の空井戸の出口だが、今はどうなっているのだ」

「地下水が涸れて、坊主共が食物を冷やすのに使っていた様子」

「そなた、降りたか。深さはどうじゃ」

「ざっと一丈の余でござる」

「坊主共、どうやって昇降していた」

「はい。穴の入口の角から奥へ二尺の間を置いて左右に杭を打ち、貫《ぬき》を通して昇降しやすくなっております。穴の両側には、掛行灯《かけあんどん》まで付いておりました」

「それでは、たとえ抜け穴を作っても容易に見抜かれてしまうな」

「分からぬように、入口に厚い蓋《ふた》をして、縛っておくしかありませぬな。なに、蓋が開けられても、羊歯《しだ》など生やせて杭を隠しておけば、上からは見えませぬ。昇ってくるものは、まがい糸を何本も這わせ、それに鈴でも付けておけば、捉えることは難しくはございませぬ。抜け穴は、空井戸の底でなく途中にくり貫き、タヌキ穴のように入口を小さくして羊歯などで隠せば一層わかりにくくなりましょう」

「なるほど。すると、その上の伽藍《がらん》でも焼け落ちれば井戸の穴も、それで埋まってしまい、痕跡すらも残さぬということも考えられるな」

「ありえまするる、火事で崩れ落ちれば」

小右衛門は、あくまで火事しか念頭に浮かばなかったようだが、秀吉は、ふっと全く別のことを考えていた。

第二章　諜報組織

1

　秀吉は七月上旬、三木の平井山本陣に戻った。

　しかし――、伊藤道光に別れを告げた後の戦線復帰の間に、十日以上の空白がある。

　この間、京に密《ひそ》かにとどまり、一人で羽を伸ばしていた。

　すでに京に何人かの馴染みの女が居た。すべて中位以上の貧乏公家の娘である。決して町中の「辻子君《づしぎみ》」「白拍子《しらびょうし》」のような下淫を求めなかった。秀吉は《光源氏の君》気取りで、小まめに女たちを歴訪し、小粒銀をばらまきながら大ぼらを吹き捲《まく》った。

「わしの子を生め。子をなせば、今にそちたちを、金銀をちりばめた大層な御殿に住まわせてやるぞ」

嘘ではなかった。

最初の子は、天正四年に早世した石松丸（後の秀勝）である。その母・南殿は、そんな貧乏公家の娘の一人だった。約束どおり長浜城内に豪勢な新居を構えて住まわせた。石松丸が死んだ後、「お衾《ぶすま》御免」の身分になってからも、疎《おろそ》かな扱いはしなかった。

正妻の祢々《おね》は、そんな妻妾同居を怒ったが、

「そこもとは、別格の別格じゃ」とうそぶいて、老妻を煙《けむ》に巻いた。

特に男としての欲望が強かったわけではない。子供欲しさが半分、後は若い、美しい女体を飽かず眺め、弄《もてあそ》ぶのが好きなだけである。それも腕の中に女を抱きながら頭をよぎるのは、次の合戦のことだけである。だが、半兵衛が死んだ後は、

（殿は、あの『覇王』より器の大きなお方でござる）

といった半兵衛の遺言が、呪文のように渦巻くようになった。

（本当だろうか）

初めは一笑に付した。やがて半信半疑になり、今では「そうかも知れぬ」と頷《うなず》く

ようになってきた。

何も知らない女たちは、蕩《とろ》けるような眼で秀吉に囁《ささや》きかけた。

「殿さん……もう堪忍どすえ」

秀吉は、女の、はしたない姿態を飽かず眺めながら、自分の征服欲の充足の底で、密かに自分に言い聞かせた。

（俺のほうが、お屋形さまより上なのだ。背格好以外では……）


何食わぬ顔で帰った秀吉を、今か今かと待ち受けていた砦の面々が、小一郎以下そそくさと駆けつけた。

「さっそくに申し上げたき儀がございます」

部下を代表して、小一郎が具申した。

「何じゃ」

可愛がっている弟が、部下の先頭に立って喋《しゃべ》るのを、秀吉は満更でもない気持ちで聞いた。

「間もなく竹中半兵衛様の四十九日も明けますれば、是非、三木城総攻撃のお許しをいただきたいのでございます」

言われて思い出した。

「四十九日の間は喪に服して、殺し合いはやめじゃ」

最後にそう言って飛び出した安土行きだった。言った時は本心だったが、女たちとの享楽の中で、そんなことはとっくに忘れていた。

（そうか、それで俺の帰りを待っていたのか）

ちょっぴり気がとがめたが、聞けば、すでに総攻撃のための万全の配備は終わっている。後は兄の下知《げじ》を待つだけだという。

急ぐ理由を訊ねてみると、競争相手の明智光秀が、この六月、八上《やかみ》城攻略に成功したことが、部下たちの刺激になっているらしい。丹波《たんば》組に負けるわけにはいかないというのである。

「まあ、待て、待て、慌《あわ》てるな……」

秀吉は、おもむろに小一郎を制し、以下、家定（木下）、弥兵衛尉（浅野）、小六（蜂須賀）ら内輪の武将だけを別室に集めた。

かたずを呑んで指令を待つ側近を前に、秀吉は鼻下に蓄え始めた自慢の髭《ひげ》を撫《な》ぜながら、まず、

「皆の者、光秀の殊勲など気にするな」

と諭《さと》した。武将たちに、かすかなざわめきが起きたが、秀吉は聞こえぬふりして続けた。

「光秀が、がむしゃらに八上城を攻撃したには訳がある。愚かにも波多野兄弟の降伏受諾と、その生命の保障の証しにと、自分のほうから人質を差し出したためじゃ。噂では、伯母御だそうな」

ざわめきが大きくなった。

「ところが……安土に連れてこられた波多野兄弟を、お屋形さまは、謁見《えっけん》もさせずに城下に留め置き、従者共々磔《はりつけ》にしてしまわれたわ」

武将たちは顔を見合わせて、震え上がった。

「これを伝え聞いた八上城の面々は、それでは話が違うと、人質の光秀の伯母を明智軍の面前で、八つ裂きにしたのじゃな。怒った光秀が、我を失って総攻撃を命じ、しゃにむに八上城を攻め落としたというわけじゃ。光秀め、さぞ城兵以上の犠牲を払ったことだろうな。だが、八上城の陥落を聞いたお屋形さまは、一言こういわれただけだぞ。『やればできるのに、これまでなにをしていたのじゃ』と。たまらぬな、このようなお気持ちでむちゃな督戦《とくせん》をされては。光秀も辛かろう。わしも、若い頃に一度だけ自分が人質になって、お屋形さまにひどい目にあったことがある。

他人事《ひとごと》ではない。小一郎、そなた、まだ覚えておろう」

「はい、あれは確か美濃攻めのことだと聞きおよびましたが……」

小一郎は、はっとした顔で即答した。

「そうじゃ。かれこれ十五年になるな。あの時の恐ろしさは、今も忘れぬ。わしはつまらぬ犠牲を強いられるような戦いはしたくないのじゃ」

天井を見上げて、秀吉は大袈裟《おおげさ》にため息をついて見せた。

永禄七年の美濃攻めの時であった。藤吉（当時）は大沢次郎左衛門の守る鵜沼城に、自ら「預かり人（人質）」となり、引き換えに大沢親子を、助命願いに信長の元へ差し向けた。ところが信長は大沢親子を許さず、殺してしまった。この報復のため、あやうく藤吉は殺されかけた。幸い生駒八右衛門（信長側室「吉乃《きつの》」の兄）の必死の説得で助けてもらったが、以後の藤吉は、信長のために命と引き換えに敵を説得するなどという愚かな策は二度としなくなった。

「光秀は、お屋形さまの薄情さを知らぬから、そういう無茶なことをするのだ」

「薄情！　でございますか」

秀吉の激しい言葉に、武将たちは度肝を抜かれたようだったが、秀吉は、委細構わず続けた。

「光秀は……おそらくお屋形さまにせかされ、脅《おど》され、結果欲しさに肉親を人質に出す羽目に陥ったのであろう。ただの、焦りじゃな」

「光秀様は、なにを焦られるのでござろうか？」

小一郎が訊ねた。

「あははは。決まっているではないか、若いわしと較べられる焦りじゃ。光秀は常々、お屋形さまに『同じ従《じゅ》五位下が、それでいいのか』と、暗にわしと比較されて悔し涙に暮れておるそうじゃな」

細川藤孝から得た知識の一端である。

小一郎は、ようやくのみ込めた顔で頷いた。

「従五位下などは、《五位鷺《ごいさぎ》》と言われるくらいじゃ。京に行けば掃いて捨てるほどおるわい」

（自分の女の父親はすべてそうだ）と、心の中で呟きながら続けた。

「まあ、光秀が焦るのは勝手じゃが、それはそれ。こちらは、こちらじゃ。暫時《ざんじ》、総攻撃は待つがよい」

翌日、昼過ぎに起きた秀吉は、三木本城の周りを十重《とえ》二十重《はたえ》に囲ませた鹿砦《ろくさい》、木柵《もくさく》の前に立ち、城内を望見した。

炎天下の城内はしんと静まりかえり、寂《せき》として声もない。が、よく見ると、かすかに竈《かまど》の煙が立っていた。城域は、耳を聾《ろう》するような蟬の声で一杯だった。

砦に帰るなり、開口一番、小一郎に告げた。

「駄目じゃ。まだ城には食い物が残っている。奴らが、食いつぶすまで待つのじゃな。腹が減ってどうしようもなくなれば、地中の蟬の幼虫までも食うものじゃが、まだ蟬が、がんがん鳴いておるわい」

秀吉は、からからと笑った。

「わしは、また寝る。安土での仕事で疲れが残っておるのか、まだ寝足りぬ。夕刻からは久しぶりに茶の湯でも嗜《たしな》もうぞ」

八月に入り、細川藤孝から書簡が届いた。藤孝には先日の上洛の際に、京で一夕、席を持ち、手土産にかなりの銀を握らせてきた。

藤孝は、室町幕府の名門細川家の養子から織田軍に転じた文人武将である。ところが信長には、ただの文弱武将としか映じなかったのか、その後は遊軍扱いされ、同僚だった光秀の指揮下に置かれるという不遇をかこっている。一方、趣味の古典の勉学のための古書漁《あさ》りには、なにかと大金が要った。この物心両面の不満から、藤孝のほうから積極的に秀吉に接近してくる。

藤孝の連絡によると、光秀は伯母を殺された後、人が変わったように猛然と八上城に襲いかかり、三日で落としたという。続いて福住城と峰山城を襲い、赤井悪右衛門の守る最後の牙城・黒井城も陥れた。三年に亘《わた》る丹波攻略はこうしてあっけなく終わったが、信長からの褒賞は、たった一枚の感状だけだったという。

これ以上、光秀に出世の上で遅れをとってはかなわぬな、と思っていた秀吉は、この内報にほっとした。銀粒の大袋をつけて丁重な礼状を出したのは、言うまでもない。

後は砦にいても何もすることがなかった。

八月をずるずると無為に過ごすと、また信長の手紙による叱責《しっせき》攻勢が始まった。今度は秀吉だけでなく全軍団に向けての叱咤《しった》激励のようだった。

――日州（光秀）は丹波で大殊勲を挙げたぞ。そなた等は、なにをぐずぐずしているのじゃ――といった趣旨である。

昨年まで光秀を罵倒《ばとう》し続けてきたのが、まるで嘘のようだった。

秀吉は、信長の叱責に慣れっこになっているが、今回は、この叱咤が全戦線に響き渡り、各将の肝を冷やしたらしい。特に越前の柴田《しばた》勝家《かついえ》は、この手紙攻勢におののき、さっそく加賀に出兵して阿多賀《あたか》、本折、小松町口まで焼き払い、田圃の稲を刈り取ってしまう狼藉《ろうぜき》までやった。これを得々と報告して点数を稼いでいる、との知らせが、藤孝から入った。

秀吉もすこしは動かなければ格好がつかない。

その待ちに待った最初の収穫があった。弟の小一郎が毛利陣営の最強軍団であった宇喜多直家《うきたなおいえ》の調略に成功したのである。

九月四日。秀吉は急遽《きゅうきょ》、播磨《はりま》から東上し、安土城に入った。

今度は対面座敷「花鳥の間」であった。

「丹波ご平定とのこと。ご祝着《しゅうちゃく》に存じまする」

平伏して、まず祝いの言葉を述べた。

顔を上げた秀吉は、おやっと思った。

最近になって知ったのだが、信長は不機嫌な時には頰を小刻みに震わせる癖がある。明らかにその兆候が目の前にあった。

(まずい時に来たものだ)と後悔したが、既に遅かった。これでは予定した大収穫の報告の価値が半減する。

「三木の籠城攻めは引き続き、おさおさ怠りなくあい務めておりますれば、ご安堵《あんど》下され。三木城には犬の子一匹通しておりませぬ」

秀吉は、まず胸を張った。事実、秀吉の攻撃は鉄壁だったが、この時の信長は露骨に嫌な顔をした。

（何故であろう）秀吉は内心そう思ったが、いまさら引っ込みがつかないまま、口上を続けた。

「お屋形さま。お喜び下さりませ」

秀吉は、一段と声を張り上げた。

「なんじゃ。大仰《おおぎょう》な声で」

目が細い。疑う時の信長の目である。

「筑前、このたび宇喜多直家を寝返らせることに成功いたしてございまする」

「なに！　宇喜多が寝返ると」

宇喜多家は毛利方では最大の外様《とざま》衆である。備前、美作《みまさか》五十万石の敵が無傷で手に入る。信長が喜ばないはずはない、と秀吉は信じていた。これで光秀の鼻をあかせられる、とも内心では思っていたのである。

「はい。ここに直家の誓書《せいしょ》を持参いたしてございまする」

秀吉は喜び勇んで懐から取り出した。これを受けて信長の許可状とご朱印が貰いたくて来たのである。

ところが、次の一瞬、思ってもいない叱責が飛んだ。

「この愚か者！　宇喜多のような、うさん臭い男の降伏を信じるなど、もってのほかじゃ。そもそも禿《は》げネズミ！　そちは誰の許しを得てそのような出過ぎた真似をしたのじゃ。そなたの浅知恵などは聞きとうもない。早々に立ち帰り、岡山城を再度攻めよ、しかと申し付けたぞ」

平伏した秀吉が恐る恐る顔を上げた時、声の主の姿はなかった。

だが秀吉は、これまでのように、うろたえることはしない。

平然と肩で風を切って安土城を辞した。

（今に分かる、宇喜多衆を敵として戦うなど愚の骨頂ということが。追って別のご指示があるはずじゃ。ゆっくり待つことよ）

秀吉は馬上で大きく、深く息を吸うと真っ青な空を見上げて、心の中で叫んだ。

（半兵衛！　そなたのいうとおりじゃな。この俺は、信長さまより器が大きいのじゃ。今、そのこと、ようやく分かったぞ）

帰路、秀吉は、再び京都の伊藤道光のもとに寄り一泊。摂津の状況を聞き、十日前、信忠が摂津攻撃に復帰した直後に、荒木村重に有岡城から脱出されてしまった失態を初めて知った。

（そうか、それで読めたな、信長さまの機嫌の悪かったことが。拙者の攻める三木城では犬の子一匹通しておりませぬ、などというたが、これがあの馬鹿息子への当てつけに聞こえたのじゃな。信長さまはお腹が小さい、小さい）

秀吉は膝を叩いて高笑いしたい気持ちだった。が、これを抑えて、すぐに真顔に戻って訊ねた。

「で、その後の有岡城は、いかがなっておろう」

「まだそこまでは……。しかし、遠からず降伏となりましょうな。なにかお気に掛かることでもございましょうか」

道光は丁寧に訊ねた。

「さよう。もしや拙者の配下の小寺官兵衛と申す武将が、城中のどこかに捕われてはおらぬかと、その安否が気づかわれてならぬのじゃが」

「手を回して、その件、早速にも調べさせましょう。なに、お安いご用でございますとも」

京都の大商人たちは、堺衆と違い、表面上は織田家に屈服してはいるが、必ずしも心服しているわけではなかった。信長対策に動向をいち早く知るための独特の諜報組織を持っていた。特に道光は織田家中の異色の存在である秀吉を先物買いしていた一人である。

進んで協力を申し出た。

「ぜひ、そう願いたい。拙者も播州に動きあらば、逐一お伝え申そう」

秀吉はそう言って別れた。

(安土参上の前に、ここに寄って色々と話を聞いてから行くべきだった。これからは、外の動きより、まず織田家中の動きを知ることのほうが俺の出世にとって大事になるな)

半兵衛に言われた通り、これまでの諜報不足を反省した。

2

平井山に戻ってしばらくの間、秀吉は三木城の兵糧《ひょうろう》攻めという退屈な日々に耐えた。岡山城の攻撃など、いっさい手をつけなかった。

明らかな信長の命令違反であるが、気にも掛けない。

すでに心中では信長を見下し始めていた。

ところが――自信の膨らんだ秀吉の肝を冷やす事件が九月中旬、京都の伊藤道光からもたらされた。徳川家康の正妻・築山殿《つきやまどの》と長男・信康が信長の命令で殺されたという報せである。

「三河殿の世継ぎの若君が、お屋形さまのご命令で切腹じゃと?」

さすがの秀吉も、これには仰天した。さっそく小一郎等を集めた。

「理由は、母者と組んで武田への寝返りを謀《はか》ったとの疑いというが、そなたら、どう思う」

道光の手紙を手に、秀吉は家臣等に問う。

「大方、濡れ衣でございましょう。築山殿にそのようなお力があるとは、とうてい思えませぬ」

小一郎が真っ先に答えた。

「わしもそう思う。だがそうなると、も一つ別の疑問が湧かぬか?」

「はて、なんでござりましょう」

「もそっと深く考えよ。なぜ三河殿が唯々《いい》諾々《だくだく》とお屋形さまの、そのような理不尽を呑まれたか。そのほうが、むしろ不思議ではないか」

小一郎は首をすくめて頷いた。

秀吉は、蜂須賀小六を見返った。

「小六。至急、事情を調べよ。これは後学のためというより、我らが織田家中で、今後を生き残る術《すべ》としても必要じゃ。わしに子がないから心配ないとはいえぬ。以後、そちの仕事は、この地元が半分、後は織田家中の動きの調べと、半々ぐらいと心得よ。そのため、忍びの者、いくら増やしてもかまわぬ」

「承知つかまつりました」

小六は胸を叩いて答えた。


小六配下の諜者は、この事件を契機に倍増され、活動範囲も飛躍的に拡大した。

地元工作の第一は宇喜多対策である。信長の怒りで降伏が保留となってしまったことを、ごまかし、ごまかし、引き伸ばしておかなくてはならない。そのためにも、命じられた岡山城の攻撃などは絶対にしてはならなかった。他方、岡山城の攻撃を怠っていることが信長に伝わらないように、懸命に報道管制を敷いた。

もう一つの工作が、有岡城だった。

道光の導きによって、秀吉は小六の忍びの手の者を直接に有岡城に送り込むことに成功した。幸い、城主村重の脱走によって城内の警備は隙《すき》だらけになっていた。この結果、ようやく小寺官兵衛が城の地下牢の中で生きていることをつかんだ。

報告を聞いて、秀吉は躍り上がった。

「やっぱり官兵衛は生きていたか！　かれこれ一年近い牢暮らしじゃ。辛かったであろう。苦労が目に見えるようじゃ。なんとか助け出す方法を考えよ。信忠や一益《かずます》（滝川）などの阿呆どもに、最後に城に火などかけられたりしては元も子もないぞ。気を付けよ」

「承知つかまつってござる。必ず」

「そして摂津に官兵衛の迎えを常時、待機させよ。丁重に迎えるのだ。おお、そうじゃ、半兵衛の菩提山《ぼだいさん》城にも早馬をうて。子細はよい。『官兵衛生存』と一言。しかし、松寿丸のことは、引き続き秘密を保てと命じよ。余は直ちに半兵衛の墓に報告せねばならぬ。あの男、墓の下で、この報告を一日千秋《いちじつせんしゅう》の思いで待っている筈じゃ」

竹中半兵衛の墓は平井山本陣の南東およそ六町。まだ土饅頭《どまんじゅう》と卒塔婆《そとば》一本の仮墓である。土饅頭の後ろに半兵衛の好きな赤松を数本、秀吉が手植えしてある。

そこまで馬を飛ばすと、秀吉は生きている者に語りかけるように土饅頭の前にどっかと腰を据えた。汗ばんだ肌を抜ける微風が、爽快だった。

「半兵衛、そなたの勝ちじゃ。お陰で、このわしもお屋形さまに大きな貸しができたわ。喜んでくれ、半兵衛！」

最後はうれし泣きに、べそまでかく始末だった。

墓参から帰ると、秀吉は再び小六を呼んだ。

「よいか、これからは安土城にも忍びを入れよ。そしてお屋形さま始め他の武将たちの動きのすべてを把握するのじゃ」

（いよいよ半兵衛の遺言を実行する時がきた）と思った。

だが、小六は仰天した。

「安土城にも忍びを、でござるか？」

さすがの小六も、おののいた。が、秀吉は平気だった。

「かまわぬ、お屋形さまとて恐れるな。安土の忍びには、まず手始めに、『官兵衛が有岡城の牢に幽閉されている』という噂を、わざと流させよ。どのような反応が城内に出るか、それを知りたい……。それとお屋形さまが今、建てられている二条屋敷の行方じゃ。いったい誰のための屋敷なのかを調べるのじゃ」

秀吉は口髭《ひげ》を撫ぜた。得意の時の癖である。

（これで、信長さまの弱みを二つ握ったぞ。抜け穴のこと、あの松寿丸のこと。もはや俺は、信長さまの牛馬ではないぞ！）

口にこそ出さないが、秀吉の小さな身体の中に、もくもくと解放感が噴き出し始めた。同時に、秀吉という積年の頭上の重石《おもし》が、次第に軽くなってきた気がした。

秀吉四十三歳。厄年抜けの一大変身の始まりだった。

安土城に入れた忍びが流した「小寺官兵衛生存」の噂の効果は、てきめんだった。信長からの叱咤、督戦の手紙が、十月に入ると、ぴたりと止まった。藤孝に探らせると、依然として他の武将の所には手紙による督戦攻撃が続いているという。

（ということは、やはり信長さまは、官兵衛が生きていたことが相当にこたえたようじゃな）

秀吉は、一人ほくそ笑んだ。だが松寿丸が生きていることは依然、明かさずにおいた。信長を苦しめるためもあるが、自分の指示の失態に、どう対応するかが見物《みもの》だと思った。

十月下旬、安土から使者が来た。

四月にもやってきた猪子《いのこ》高就《たかなり》。「中国筋の城郭など吹けば飛ぶようなもの」といって、秀吉の三木攻めの生ぬるさを散々批判してきた張本人である。ところが今度は、辞を低くして、宇喜多直家の降伏を受諾する旨を伝え、信長の認可の朱印状を向こうから持参したのである。

（ほう、どのような風の吹き回しかの）

と皮肉の一つも言いたくなるのを、ぐっと堪《こら》えて秀吉は答えた。

「これはこれは、思ってもみなかった慈悲深いお屋形さまのご処置。直家に代わって厚くお礼申し上げる。お屋形さまに、よしなにお伝え下され」

猪子は秀吉に、安土に同道してお礼言上《ごんじよう》を、と期待したようだが、そんな暇はなかった。する気もない。

相前後して『地下牢の官兵衛様、瀕死の状態にて搬出不能』という第二報が、有岡城の忍びから届いたのである。

猪子を早々に追い返すと、三木城は小一郎に任せて、秀吉は取る物もとりあえず、自ら有岡（現・伊丹《いたみ》）へと出向いた。

有岡城は、十月十五日、城内の足軽大将たちが謀反《むほん》。織田軍の滝川一益の攻撃を受けて交戦中とのことだったが、秀吉が到着した十一月初旬には籠城軍に戦意がなく、ほとんど戦闘は終息していた。

有岡城中に飛び込んだ羽柴救援軍は、忍びの手引きによって、地下牢の官兵衛の許《もと》に直行した。

戸板に乗せられて運ばれて来た官兵衛の変わり果てた姿を見て、

「官兵衛か！」と言ったまま、秀吉は茫然《ぼうぜん》自失した。

一年余りの地下牢暮らしで、官兵衛は頭から身体じゅうが疥癬《かいせん》だらけとなり、髪の毛が全て抜け落ちていた。目を病み、腰から下が動かせない。かろうじて秀吉の姿を見届けると、気が抜けたのか、そのままぐったりと目をつぶってしまった。

「官兵衛！　どうした、気をしっかりと持て。わしじゃ、秀吉じゃ。死ぬではないぞ。死んではならぬぞ」

疥癬だらけの手を取り、秀吉は耳元で叫び続けた。

三木への帰り道、秀吉は、有馬に人を派して、温泉の湯を大量に馬で運ばせる手配をした。平井山の本陣では、官兵衛が寝転がったまま浸《つ》かれるような大きな木の湯船を一夜で作らせた。

秀吉は、有馬の湯を温め直しては、官兵衛の背中に自ら注いでやった。膏薬《こうやく》探しにも、八方手をつくした。

すこし落ち着いた後で、松寿丸を巡る苦心談を聞かせてやった。

「官兵衛、一生この御恩、忘れませぬ」

官兵衛は号泣した。

そんな官兵衛の療養中、再び衝撃的な事件が起きた。

十二月十三日から十六日にかけて、荒木村重の妻をはじめ一族三十七人が、京の六条河原で信長の手で惨殺され、郎党ら五百余人も尼崎で焼き殺されたのである。

「お屋形さまは狂われたか」

秀吉は暗澹《あんたん》とした気持ちになった。

「なぜお屋形さまは、かような、むごいことが、後から後からおできになれるのかの。そなた、どう思う」

官兵衛は、しょぼしょぼした眼で天を仰ぎながら言った。

「恐らく——ご自身を神と思っているからでございましょう」

「神？　神仏の神か」

柄にもないことを言う奴だ、と思った。

「御意。我々は儒学、道学そして仏教といずれの教えに従っても、人の形《なり》した神というものを持たず、知らずに参りました。その代わり天の道、つまり自然の摂理に対する信仰によって生きてきました。ところが南蛮の教えでは、彼らの崇《あが》める者は《デウス》と呼ばれる神であり、あの十字架に描かれる痩《や》せた裸の男こそ、その一人子だとされております」

「ただの裸の男が神の子だと」

秀吉は、薄笑いした。

「はい、母も名もない大工の許婚女《いいなずけ》。しかも、男を知らずに妊《みご》もったと……」

秀吉は、ぷっと噴き出した。

「よくある話よ。この国でも、坊主は、何故か高僧になると皆そう言うではないか。親鸞《しんらん》も日蓮《にちれん》もいや弘法大師でも、みな《父無し子《ててな》》じゃとぬかしおる。南蛮の連中までそうとは知らなかったぞ」

「しかし、この僧侶たちは神を称しませぬ。この痩せた男を神の子と信じておりまする。男は神の言葉を語り、数多くの奇跡を授《さず》けたと言われております。お屋形さまは、南蛮にそのような神話があるのならば、この国にあってもおかしくない。その神が、ご自分だと思われているのではありますまいか」

「馬鹿な！　お屋形さまは、れっきとした信秀という武士の子じゃ。奇跡どころか外術《げじゅつ》（奇術）一つできぬわい」

「しかし、若い頃は、まさかと思うような幸運の持ち主でございました。殿のお働きによる今川との桶狭間山は別としても、ご自分よりはるかに強敵である武田信玄、上杉謙信との戦い。どう見ても織田方に勝ち味はござらなんだ。ところが、そのいずれもが信長さまに挑戦する直前に、まさか、まさかの自滅。これは、ただの強運と考えるには、あまりにも出来過ぎておりまする。信長公が南蛮渡りの神に興味を持たれるのも、もっともと思われまする」

「己《おのれ》が神か。あはははは。己が神なら、女子供まで殺してもよいと申すのか」

「天道でなく己が神であり、すべてが己の定める道と考えるならば、己の気に入らぬ者は、道を汚す塵芥《ちりあくた》に過ぎぬこととなりましょう。箒《ほうき》で掃き捨てることこそ、道の清めとお考えなのかも知れませぬ」

「しかし、それでよいのか、本当に」

「よくはございませぬ。これは信長さまの思い上がりにございます」

「思い上がり？　神なら許されると、そなた言ったではないか」

「信長さまは神ではござりませぬ」

「それだけの（まさか）に恵まれてもか」

「はい。なぜなら、日輪と同じく、この天空に神が二つあるわけがございませぬ。デウスさまが神である以上、信長さまは神ではないと心得まする」

「ほう、デウスが神である以上、というからには、そなた、そのデウスなる神を信じるのか」

（官兵衛のような頭のいい男までが、いつの間にか異国の神の虜《とりこ》になっていたのか）

秀吉はあっけにとられて、官兵衛を、まじまじと見つめた。

「はい。実は……」

官兵衛は不意に言葉を切ると、胸の前で妙な仕草をした。それが信長の許にやってくるバテレンたちの（十字を切る）という仕草と同じだ、ということが判るまで若干の時間がかかった。

それほど、秀吉には官兵衛と切支丹とは異質に見えたのである。

だが本人は、至極、真剣だった。

「拙者このたび一年を牢獄に生きて初めて分かりました。この世は天の道だけで生きるのでは、あまりにも寂しい。人は心の中では、人の形をした神が欲しゅうてたまらぬものだということを、いやというほど知りました。入牢《じゅろう》中のある時——、牢に入れられて半年ほど過ぎた時でござったが、牢番の一人が知らぬ間に、牢の格子《こうし》からクルスを差し入れてくれたのでござる。拙者は異国の神など信じぬ、とっとと持って帰れと、最初はそう怒鳴りつけ、しばらくは土間に放り出して置きました。しかし、ある朝、不思議なことに、それがかすかな光を放って見えたのでござる。お笑い下されｂ。あの頻闇《しきやみ》の地下牢。光など、いっさい差し込むことはあり得ませぬ。それが拙者に向かって光って見えた。錯覚ではござらぬ。いや、錯覚でもよい。頻闇に生き、そして一年を耐えるには、これを信じるしかない。殿、官兵衛は弱い男でござりましたな。なにかを信じないでは生きて行けぬ頻闇の世界にたたき込まれると、人はそのようになるのでございましょうか。いつの間にか拙者、そのクルスなる物を握っておりました。今は疥癬だらけの身ゆえ、肌からはずしてはおりまするが、あのクルスがなければ官兵衛、ここまでの一年を生き抜く力はなかったでございましょうな」

「ほう、そなたが切支丹好きになったとは、わしは全く知らなんだぞ」

「まだ、洗礼なる儀式を受けておりませぬが……いずれ右近どのにご相談して、と思っておりまする。お許しいただけますするか」

「許すも許さぬもないわ。人の信心は、おのれ一人のもの。誰も咎《とが》めだてはできぬ」

「ありがたき幸せでござる」

「それはそうと……。このたび処刑された者のなかに、お屋形さまにはご自分の義理の娘である荒木の妻の多志《たし》殿がいる。その多志殿を村重に娶《めあ》わせたは、なにを隠そう、このわしなのじゃ」

多志は、信長の側室吉乃《きつの》の連れ子であった。

尾張の小折《こおり》（現・江南市）生駒家宗の娘であった吉乃は、夫土田弥平治が討ち死にして若くして寡婦となり、幼い多志一人を連れて生駒屋敷に戻っていた。そこで吉乃は信長との劇的な出会いがあり、信忠以下三人の子をなした。だが、連れ子の多志は、幼時から義父となじまぬ疎遠の娘であった。これに目をつけた秀吉が、多志を「摂津の虎」といわれた荒木村重を織田陣営に引っ張り込むために、村重の後妻として売り込んだのである。母吉乃も亡くなった後のことで、多志に、否応もない選択だった。

「ほーう。そうでございましたか。たいそうな美形、しかも妻としても荒木の先妻の子たちの教育、村重の部下へのいたわり、委細万端に遺漏無く、摂津一番の賢女、とのおうわさでござる。村重には過ぎたる女房でござりましたな」

「いま考えれば、罪なことをしたものだ。十年ほど前になるかな。村重の席直《むしろなお》し（後妻）にと、本人を呼んで申し付けたが、あの娘、わしにきっぱりと断りおってな。舌を嚙んでその場で死にますとまで申したわ」

「それはまた、なぜでござる」

「母が決めた添うべき男があるというのじゃ。では、どこの誰ぞ、と聞いたが、それは口が裂けても言えぬ、と言いおったわ。芯の強い娘じゃった」

「どなた様か殿には心当たりも……」

「くやしいが、それがわからなんだ。今もってわからぬ。わからぬままに荒木の許へ……、さぞ恨んだことであろうの。まさか、その荒木が裏切り、その義父のお屋形さまが、多志殿を手に掛けるとは、思いもかけぬことゆえな」

「まことに。そこまでは、どなたも見通せませぬ。殿の罪ではありませぬ」

「そなたに、そう言ってもらうと心が休まるが……、いや、まだもう一人、気の休まらぬ者がおるわ。そなたと同じ切支丹の同衆が、多志殿の侍女として一緒に捕まって、殺されたわ。名はたしか八重。近江高島を昨年追われた磯野《いその》員昌《かずまさ》の娘じゃ。これも俺の差し金じゃ。父が信長さまに追放された後、初め竹田城の小一郎のところに匿《かくま》っておいたのだが、織田家の者の出入りも多い。いっそ荒木の奥方の侍女ならばと。それがなんと荒木の謀反の一カ月前のことよ。我ながら間抜けな話じゃったわい」

秀吉は舌打ちした。

「だが、このような過《あやま》ち、わしはいつまでさせられるのかのう。これからも無体な人殺しに巻き込まれるのかと思うと、ふと空《むな》しゅうてならぬ。官兵衛、どうしたらいい」

「さて、これればかりは……」

「半兵衛はいつも言うたわ。殿、天道を信じなされ。天道に背く者、必ずやその報いを受けまするると。だが、一向にその兆《きざ》しがないわ。そなたは天道でなく、デウスなる形ある神を信じると言うたな。ならば、もそっと、はっきり言えるであろう。その唯一の神とやらは、今なにを考えておられるのじゃ。言えぬか。そなたの神は眠っているのか。口なしか」

(切支丹は嘘つきじゃ)と言いかけて止めた。その嘘を信じなくては生きられなかった男が、目の前に居る。嘘でも、それを信じて生きてきた男の価値の方が俺には大事なのだ。信仰などどうでもよい。

所詮《しょせん》は、損得の問題ではないか。

（信長さまとて、そうじゃ。荒木村重が謀反を起こした時、村重傘下の切支丹武将・高山右近を織田方に引き留めるために、もし村重に加担するなら、日本中のバテレンを皆殺しにすると言って脅《おど》したではないか。本当の切支丹の保護者なら、あのようなことは言わぬ。お屋形さまは未知の世の知識を得るために、切支丹の保護者面しているだけなのじゃ。あの時、俺は信長さまという男の本性を見抜いたな。同時に俺の異国信仰に対して取るべき姿勢も、これだと思った）

「まあ、難しい話はこのくらいにしよう。官兵衛、遠慮せず、十分に治療に専念せよ。摂津の戦乱が収まったら、有馬に湯治にでも行くがよい。あの湯は日本一じゃでな」

3

天正八年。正月は年初から雪となった。

織田の諸将は、昨年一年を摂津に動員されたことから、信長は年頭の招集を求めなかった。ゆったりした諸将の中で、唯一の戦闘を継続しているのは、播州の羽柴軍だけである。

しかし、ここも華々しい合戦は一切ない。あるのは武器なき戦い——干殺《ひごろ》し——兵糧攻めである。秀吉は信長に戦う気があるのかと、再々皮肉られながら、頑として武力戦を避けた。

「心配するな、小一郎、兄者にはお屋形さまから預かる質草もあれば、貸しもある」

秀吉は高言してはばからなかった。

質草とは養子縁組した信長の四男・於次丸《おつぎまる》である。

秀吉が子のないことをいいことに、養子を押しつける信長の意図は明白だ。東海と五畿内は、いずれ将来は、自分の身内だけで固めたいということである。伊勢の名門・北畠《きたばたけ》氏には次男信雄《のぶかつ》、長野氏には弟信包《のぶかね》、そして神戸《かんべ》氏には三男信孝《のぶたか》を強引に押し込んでいる。気前よく与えたように見える長浜も、いずれは返してもらいたいということであろう。

そんな心底を知りながら、あえて逆らわず、恐懼《きょうく》感激の風を装って於次丸を拝領したのは、養子の話が初めて出た三年前の半兵衛の忠告を憶えていたからである。当時、「わしが種なしだとでもいうのか」と、ぷりぷり怒っていた秀吉に、半兵衛は進言した。

「お怒りご無用に存じまする。於次丸様は、お屋形さまが殿に差し入れられた質草とお考え下されば宜《よろ》しいではござりませぬか。物は考えようでございましょう」

なるほどと思った。

幸運にも側室の一人から石松丸を得て、養子の話は一時中断となったが、石松丸が夭折《ようせつ》すると、喪明け後、早速に話が復活し、昨年秋に実行された。今、長浜城の祢々の下で養育している。死んだ子の名前をとり秀勝と改名させた。

次の貸しとは、もちろん松寿丸事件である。人質にとった官兵衛の子を殺してしまったという思いで、信長が負い目を感じたことは確かだった。が、問題は「松寿丸生存」の事実をどう知らせるか、という収拾策だった。

正月十五日。平井山本陣での軍議の後のこと。

残したのは、小一郎と病癒《い》えた官兵衛、そして小六と京から戻っていた前野小右衛門の四人。秀吉が腹蔵《ふくぞう》なく語り合える面々だけである。

この年一月六日に始まった三木城の攻防は、敵将別所友之《ともゆき》の立てこもる宮の上砦が、一戦することもなく自ら退却した。十一日の別所山城（吉親《よしちか》）の居城鷹の尾の攻防も、戦い半ばで、本丸から火の手が上がり、城が焼け落ちた。残る三木本城か

ら は、秀吉の降伏勧告の親書に対して、別所小三郎（長治）、吉親、友之の三人の連名の返書があり、「これまで忠節を尽くしてくれた部下をお慈悲をもってお助けくださるならば、我ら三人、腹を切る所存」との意向を伝えてきた。秀吉は、「諸士の命は助けるであろう」と再度これに答え、樽酒三荷を城中に届けた。

毛利攻めの第一の難関は、こうして二年余りを経て、ようやく決着がついた。

戦勝に気をよくした秀吉は口も軽く回顧談に花を咲かせた。

「一昨年の秋、お屋形さまのご命令に従って、官兵衛の人質松寿丸を殺してしまっていたら、どうであろうな。今頃、わしは官兵衛に合わす顔がないところじゃろう。お屋形さまとて同じよ。いや、殺せと言ったご本人なれば、わし以上に罪は重い。だが、松寿丸が生存を、いかにお屋形さまに伝えたものか。これもまた難儀じゃった。そこで兄者は一計を案じたのじゃ」

小一郎を見返りながら自慢の髭《ひげ》がひくひく動く。

「わしはこの播州に張り付いていなければお屋形さまのご機嫌がわるかろう。されば、ということで長浜の祢々に、事の次第を安土まで話しに行かせたのよ」

四人は「ほーう」と声を上げた。

「驚くのは早いぞ。祢々にはこう申し付けた。これは決して得意げになって申し上げてはならぬ。実は松寿丸は生きております。わが夫筑前、官兵衛を信じますれば、半兵衛と計って隠し置きましたといえば、どうなる。それではお屋形さまの面目は丸潰れよ。主君を軽んじたことになる。あのご気性じゃ。ぷいと横を向いて終わりよ。かえって功名が憎しみの種となるであろう。そこでじゃ、おおそうじゃ。半兵衛の墓は、ここからどちらの方角かの」

「大かたこの方角でござろう」

地理に明るい官兵衛が指さした向きに、ちょこんと直ると、大袈裟に一礼して、

「半兵衛、許せ。この松寿丸隠し、すべてそなた一人の存念でしたことと、お屋形さまには偽り申しあげさせたのじゃ。そうすれば、わしに腹を立てることもあるまいとな。祢々め、しゃあしゃあとわしの嘘の大役を果たしおったわ」

秀吉は腹の底から笑った。

「すると、お屋形さまはなんと言われたと思う？　どうじゃ、小一郎。そなた、まず申してみよ」

不意に聞かれた小一郎は返事に詰まった。

「では、小六はどうじゃ」

「とんと、お屋形さまのご様子は拙者、分かりかねまする」

「小右衛門、そなたはどうじゃ」

「拙者も同様でござる」

「ははは、そなたたち、もそっと頭を使え。では最後に官兵衛、そなたはどうじゃ。おのれのことじゃ。しかと推《お》し量《はか》ってみよ」

「これは、これは難題。軍議が何事もなく無事に済んだと思いきや、とんだ鉄炮玉が後ろから飛んで参ったような気分でござる」

口では言うが、顔は正直だ。官兵衛には少しも困った様子がない。

小憎らしいほど落ち着いていた。

「では、後ろからの鉄炮玉だと思って受けてみよ」

いわれた官兵衛は一息入れて答えた。

「拙者、もしお屋形さまなれば、最初は、やはりほっとしたでござろう。しかし部下にそのような心の動き見せぬは、あのお方の常でござれば……、さよう、お屋形さまはこう申されたに相違ござらぬ」

一瞬、官兵衛は目をつぶった。

（こやつ、こういう時、芝居がかる所まで俺に似ている）

と秀吉は苦笑いした。

『なに、あの半兵衛が一人思案で余をたぶらかしたのか。でしゃばり者が功名よな』と、いわれたのではありませぬかな。そして笑って早々に話題を転じたと……」

「見事。さすが官兵衛。よくぞ察したな。だが、お屋形さまの言葉はかなり違うぞ。祢々の話によれば、こう申したそうな。『あの労咳病《ろうがい》みめが余をたぶらかすとはの。出過ぎたことをする奴めが』と。そして笑い飛ばしたというのじゃな。だが、あの労咳病みめがとはなんだ！　わしの大事な、大事な軍師じゃぞ……それを、あのように酷使しおってからに、殺したも同じじゃぞ」

秀吉は言いながら、信長の酷薄さに、くっ、くっとしゃくり上げるように嗚咽《おえつ》した。今も、最後に半兵衛のあばら骨同然の、瘦せ細った身体を抱きかかえた、あの一瞬が忘れられないのだ。

一同は、秀吉の心情を推し量ったのか、しゅんとなった。

だが、すぐに秀吉は、けろっとして話し続けた。

喜怒哀楽の変化まで秀吉は俊敏である。

「では、もうひとつ難題を申し付けようか。わしがお屋形さまなら、この場合、どのように部下の女房に言うか。そなたたちで推し量ってみよ。遠慮はいらぬ。忌憚《きたん》なく申せ。やはりこれも答えは官兵衛一人かの」

「さらに難題でござるな。なにしろご本人の前でござれば。のう各々方《おのおのがた》」

官兵衛は笑いながら外の三人を見たが、皆、(頼む)といった風情で口を切らない。

「されば、失礼ながら、殿なればこう申されたに違いない。いや申されるまえに、使いの者の手を取られて、こういわれたでござろう。よくぞ松寿丸を隠しておいてくれた。これで余の面目が立ったぞ。くれぐれも筑前によしなに伝えよと。そして、その手を捧げておいおいと泣かれた……」

「これこれ官兵衛、いくら泣き虫のわしでも、ここでおいおいは泣くまいぞ。あははははは」

「これは失礼つかまつった」

官兵衛はぺこりと頭を下げて、にやりとした。

秀吉は怒った口ぶりでいったが、顔はまんざらでもなかった。

このとき、秀吉は、心中で完全に信長を超えていた。

この自負が、もう一つの信長への秘密の貸しを、小一郎、小六、そして官兵衛の三人に明らかにする気にさせた。

「小右衛門、構わぬ。例の本能寺の抜け穴のことも、皆に教えてやれ」

「そのようなことを、よろしいのでしょうか。では……」

小右衛門の語り始めたことに、小一郎と官兵衛はさらに驚愕《きょうがく》した。

「普請は予定よりやや遅れめながら順調にはかどっております。各々方ご覧下され」

ここで一抱えもある本能寺と南蛮寺とを結ぶ秘密の抜け穴の図面が披露された。

「全長は途中の崩場と作業する金掘の目をくらますために、さらにくねくねと伸びて百二十間を超えました。しかし、崩場を除けば岩石層にも当たらず、普請は進み、大かた九分のできとなり申した」

「それで、人数は、いかほどになった」

「延べおよそ五千人。夜を日に継ぐ突貫工事でござります」

「して、お屋形さまの言われた、例の切支丹に限るという条件はどうじゃ」

「とても、とても守れませぬ。本物の切支丹はせいぜい百人まででござろう。後は無《む》筆《ひっ》の聾唖《ろうあ》者ばかりを集めましてござる」

「そなた考えたな」

「銀山では、秘密の鉱区でよく使う手でござる」

小右衛門はさらりといってのけた。

「穴の広さはどうじゃ」

「責め穴は高さ七尺（三十センチ／尺）幅五尺。支えの丸太の間隔は粘土層帯で五尺、崩場近くでは三尺、すべて七寸（三センチ／寸）以上の丸太ばかりを選びましてござる」

「して、ズリ（排出土砂）はいかがした」

「夜半牛車で、あるいは信者が行列姿で各々麻袋に入れて背負い、松明《たいまつ》も明々とつけ、神を称《たた》える御歌など歌いながら本能寺に持ち込み、寺の塀と土嚢《どのう》に化けましてござる……」

「おもしろい。で、中の明かりは、どのように」

「曲がり角のほかは、五間毎に掛行灯《かけあんどん》を置く手配をいたしておりまする。しかし、この掛行灯にいかなる紋所を描くべきかが分かりませぬ」

「うむ、そうじゃな。織田の紋所は避けねばならぬ。あくまで切支丹衆の避難路の名目で作るものなれば、彼らのクルスの紋様のほうがよかろう」

「では、そう致しまする」

そこまで指示すると、秀吉は満足して小一郎等三人を見返った。

「そなたたち、今の話で分かったであろう。お屋形さまは、上洛に当たって、これまでの妙覚寺あるいは妙顕寺のご滞在をやめられ、近く本能寺を京での宿泊所と定める予定じゃ。そのため、本能寺の土塀の構築、溝の深掘りなどの防備一切は、すでに惟住《これずみ》（丹羽長秀）殿の手によって進めているが、この筑前は、その最後の秘中の秘部分である抜け穴の普請を仰せ付かった。この普請は織田家広しといえども、筑前が宝物、この小右衛門を措《お》いて他にはできぬ。それ故のご下命じゃが、なぜ抜け穴を作られるのかは知らぬ。だがこの秘密を知るはそなた等と、この筑前のみじゃ。惟住殿も子細は一切知らぬ。というのは、初め惟住殿に子細をお話し申し上げようかと思ったが、わしはちと考えが変わった。この経費一切は、惟住殿に言わず、我らの差配が可能となった生野《いくの》銀山の銀で賄《まかな》うことにしたからじゃ。織田家の中で抜け穴の存在を知る者が多くなれば、誰かそれを悪用せぬとも限るまいからの」

「悪用――」一瞬、小一郎が呟《つぶや》いた。

「小一郎、頭を働かせよ。抜け穴は出ることは可能になるが、逆に入ることも容易にする。もし切支丹以外に知る者あればどうじゃ。お屋形さまを恨みに思う者は、一向宗、法華宗の僧侶を始め浅井《あざい》、朝倉、この度《たび》の荒木の残党、それに雑賀《さいか》などの細作衆《さいさくしゅう》、忍びに長けた者もいるわ。抜け穴は、両刃《もろは》の刀よ」

「となりまするど、殿……」

沈黙していた官兵衛が口を開いた。

「出来上がっての暁には、お屋形さまは、たとえ切支丹衆の金掘といえど、皆殺しにされる恐れがございまするな」

「さよう。そこじゃ、わしの恐れるには。それ故、今、小右衛門にいうところじゃったが、のう、これは、いつできあがる」

「今月末の予定でござる」

「それを半月ほど遅らせてお屋形さまにお知らせ申せ。その間に金掘を少しずつ間引きして、すべて逃がしてしまうのじゃ。よいか。一人たりとも、この穴掘りのことで殺させてはならぬ。噂は噂を呼ぶ故な」

「かしこまりました」

官兵衛は横で二人のやりとりを見ながら、嬉しそうに笑った。

「人の顔を見て、またなにを笑うのじゃ」

秀吉は見とがめた。

官兵衛は、平伏して答えた。

「さすがは殿。官兵衛、殿に二度惚れいたしましてござる」

4

天正八年一月の別所一族の降伏によって、羽柴秀吉による播州の平定は成った。

これにより昨年の明智光秀による丹波征服と合わせて、織田軍団は、中国地方の二つの広大な地域に確固とした楔《くさび》を打ち込んだことになる。

しかし、その実戦部隊である羽柴にも明智にも、論功も恩賞もなかった。

「よいではないか。我らは実さえとればいいのじゃ」

秀吉は配下の武将たちの不満を一笑に付し、せっせと生野銀山の採掘銀の横取りに努めた。

時には丹波の光秀を例にとって諭した。

「そう焦るな。明智を見よ。もう一年近くも待ちぼうけを食わされておるわ」

光秀の丹波平定は昨年七月。それが感状一枚でナシのつぶてである。秀吉がそれを笑い飛ばすのは、小六の諜報部隊の探索とそれを元にした官兵衛の的確な分析の結果があるからである。

生野銀山——実際は金の採掘も行っていたが——から上がる財力を背景に、秀吉の諜報部隊は、この一年で飛躍的に充実した。

「信長公が我々に恩賞をもって報いられないのは……」

官兵衛の分析は、信長の頭の中を覗《のぞ》いているように的確だった。

「もし、我らにここの領土を分け与えれば、いま進んでいる石山本願寺との和睦に水を差すことになる。顕如《けんにょ》様は、こう申されよう。『そら見たことか。天下の平定などと綺麗事を言うが、結局は他人の領地を召し上げる、切り取り強盗と同じではないか』とな。従って恩賞の話は、まずもって本願寺との和睦がなってからのこととなり申そう。そう、早くても今年の皐月《さつき》頃でござろうか」

官兵衛の判断どおりだった。

果たして——信長は石山本願寺問題が片づくと、初めて中国筋に対する織田家の領土的野心を鮮明にしたのである。

まず、この年の五月一日、播州の平定に戦功のあった羽柴秀吉に播州十六郡五十一万石を与えた。秀吉はこの外に但馬《たじま》一国八郡十三万五千石を拝領したが、これは弟の小一郎に分与している。兄弟併せて六十四万五千石である。近江の長浜領を加えればさらに十二万二千石が加算できる。もっとも、この長浜の城と領地は、信長はいずれ秀吉の養子に押しつけた四男秀勝に譲れと言ってくるだろう。

だが、長浜に本拠を置くことに不便を感じていた秀吉は、あえて固執する気持ちはなかった。

(固執は我執《がしゅう》につながりましょう、醜うござるぞ)

死んだ半兵衛の言葉を、秀吉はよく守るつもりだった。

秀吉は、大禄を気前よく部下に散じた。小寺改め黒田官兵衛には宍粟《しそう》郡山崎城を与えたほか、小六を龍野《たつの》城主四万一千石、前野将右衛門（小右衛門改め）を三木城主三万一千石の城持ちに取り立て、織田家中を驚かせた。

「あの、土方、夜盗の類が城持ちとは！」

羨望《せんぼう》と嫉妬の渦が織田家中を駆け巡った。しかし、ともかくも、こうして秀吉は押しも押されもせぬ織田家筆頭となった。

その三カ月後の八月。顕如の石山退陣を見届けると、今度は丹波制圧の功労者明智光秀に対して、丹波一国を与えた。同時に丹後は細川藤孝に分与した。これによって光秀は旧領の近江十万石を併せて六十一万石の太守となった。

しかし、時期と禄高に秀吉と微妙な差がある。一方では実力主義に徹しながら、他方ではいかにも茶の湯のような形式美を好む信長らしい筋目を通した発令であった。

　織田家のこれまでの席序列は、筆頭が柴田勝家と佐久間信盛《さくまのぶもり》。次いで惟住長秀、滝川一益、明智光秀、そして羽柴秀吉の順であったから、秀吉はここで上の五人を一挙に抜いたことになる。当然、家中は、その大抜擢《ばってき》に仰天した。その仰天が羨望から嫉妬に変わるのに、時間はかからない。

――猿めにどんな功績があったというのだ。北陸では重大な軍令違反を犯し、中国戦線では敵を攻めあぐねて、一時は信忠中将様を総大将に仰ぎ、尾張、美濃、伊勢の援軍まで求めたではないか。それに較べて、明智殿はあくまでお一人で、もっと困難な山また山の丹波を抜かれた。しかも人質のことでは、その伯母御まで犠牲にされたではないか。それが猿の後塵《こうじん》を拝するとは、お気の毒なことでござるな――。

　織田の家中の噂は、およそこんな風であった。

　この風聞は、いやでも光秀と秀吉の耳に入る。

「猿はお屋形さまに甘言をもって取り入り、殿のことを悪し様《あざま》に告げ口しておりまする。その結果がこれでござる。お屋形さまも眼のないお人じゃ」

と、明智家中では噂した。この悪評も秀吉の耳に入った。

「捨ておけ、捨ておけ。気にするな」

秀吉は側近に言った。内心ではひどく気にはしていたが、おくびにも出さない。

「我らの功績は表だっては見えぬ。語ることもできぬものよ」

それがつらい、と小一郎にだけは囁《ささや》いた。松寿丸の事件を始め、本能寺の抜け穴工事などの《裏の功績》は、だれにも説明できないものであった。


ちなみに本能寺の特命工事は、この年の二月に完成した。

信長は二月二十六日、京都での居所を本能寺に移すことを正式に宣言し、自ら点検に赴《おもむ》いた。寺の周囲の塀の高さ、濠《ほり》の水深、溝の深さなどを、長秀以下を伴って丹念に見て回った。

最後は本堂に秀吉と前野将右衛門の二人だけを伴って入ると三重の隠し部屋を経て、軒先の空井戸の穴を綱をつたって自ら抜け穴に降りて確かめた。

井戸を降りると、綱は下からするりと抜け落とすことができた。横穴は井戸の途中にあり、入り口は厚く羊歯で迷彩《めいさい》を施されて、一見その存在が分からない。穴は背の高い信長がゆっくり立って歩ける高さであり、美しい切支丹の十字の紋様をつけた掛行灯が点々と灯され、足元は十分に明るかった。そこを通って迷路を辿《たど》ると、ひょっこりと南蛮寺の地下の米倉の裏側に抜け出る。突然姿を現した信長を、事情を知らない切支丹宗徒はあっと驚いて迎えた。信長はそういう意表を突くことが無性に好きだった。

「将右衛門、見事なできぞ。褒めてとらせる」

帰路、信長は上機嫌で前野将右衛門に言い、秀吉には、

「おぬしなら、あそこにもう一本、別の路を作って、せっせと女の所に通うであろうの」

と、女好きをからかった。

(ご自分のことは棚にあげて……)と思うが、言い返すわけにもいかない。

だが、秀吉が恐れていた『工事金掘の口封じ』については、なにも言われずに終わった。言われても、すでに金掘はすべて生野銀山に戻していたし、ほとんどが無筆の聾唖者であったことも、秘密保持に役立った。

秀吉の突然の織田家筆頭への大抜擢は、こういう裏仕事が背景にある。しかし家中は、これを知らない。

不満と非難は一挙に噴出した。

これまでの織田家筆頭の柴田勝家、佐久間信盛を始め、林秀貞などの老臣が公然と非を鳴らした。彼らは信長の秀吉と光秀の大抜擢を自分たちの貢献度の不足とは

とらなかった。

(我歌えど汝《なんじ》ら踊らず)――これが信長の老臣たちを見る心境である。しかし、老臣たちから言わせれば、(我踊れど汝足らわず)――我々は、ちゃんと踊っているのだが、貴方(信長)が満足してくれないだけなのだ、という心境である。

主君信長と老臣の両者の食い違いは、特に織田家では大きかった。

それは、老臣たちの立ち向かわされた敵が、一向宗のような宗教集団だったためでもある。

老境に入った彼らは多かれ少なかれ、昔の出鱈目《でたらめ》な殺戮《さつりく》に明け暮れた日々を反省する時期にさしかかっていた。信長のような残酷な行為は、老後の生き方として、できなくなっていたのである。新参者の光秀や若い秀吉とは違う。

だが、この違いは信長の理解の外であった。

佐久間信盛が最初の犠牲者になった。この老臣の年齢は定かでないが、遠く二十年前の永禄三年、桶狭間山の合戦の際に、すでに最前線の一角であった善照寺砦を率いた老将である。五十歳をとうに過ぎていたろう。

昨年(天正七年)の六月、信長との間で事件を起こした。たまたま安土に居て、光秀が苦心の末、降伏調印のために連れて来た丹波八上城の波多野兄弟と信長の会見に遭遇したのである。信長は三年に亘《わた》って手こずらされた恨みから、波多野兄弟が安土に入ると、接見はおろか、有無を言わせず縛り上げ、慈恩寺の辻で磔刑《たっけい》にせよ、と信盛に命じた。信盛は、その理不尽を諄々《じゅんじゅん》と説いたが、信長は聞き入れない。

「そなた、まだ懲《こ》りずに余に逆らうのか」

冷ややかに信盛に言った。信盛は、この「まだ」という言葉に（あっ）と思っただろう。

信長は、さらにその前年の事件を覚えていたのである。

それは天正六年の播州の神吉《かんき》城攻めの時であった。西口の攻めを、信盛は荒木村重と共に務めた。落城に際して村重は城主神吉民部の首を刎《は》ねたが、西の丸を守った神吉藤太夫は知人の間柄であったため、殺すに忍びず、信盛に相談して是非とも許してやってくれと頼んだ。信盛は快く応じた。ところが藤太夫は釈放されると再び兵を率いて城に戻り、また戦火を開いた。村重と信盛の惻隠《そくいん》の情が仇《あだ》となり、ひいてはこれが村重謀反の理由の一つとなったのである。相談に乗った信盛も、こっぴどく叱責《しっせき》された。こういう失態を信長は決して忘れなかった。

天正八年八月。秀吉と光秀の大抜擢の直後、こうした数年のわだかまりを背景に、佐久間信盛追放劇は起きた。

老臣の追放劇はさらに続いた。八月十七日、信長は大坂から京都に戻ると、更に林佐渡守、安藤伊賀守、丹羽右近の三人を遠国に追放した。いずれも二十四年も前に、織田信勝を擁して信長に敵対した罪を問われたのである。

（なにを今更）と、家臣団は思った。しかし信長にとって理屈はどうでもよかったのである。要するに、秀吉と光秀の二人の抜擢人事に対して一切の苦情は許さない、という信長の恐怖政治宣言であった。事実、これによって老臣の一人であり、またかつて織田家中の混乱期には反信長側についていた柴田勝家は、不平不満をいっさい口にしなくなった。そして自分の領土加賀の一揆を鎮圧し、逐一その報告を怠らないようになった。

だが、そうした信長の老臣の追放、実力主義宣言は、皮肉にも思わぬ方向に影を投げかけた。

――拙者もすでに五十五歳。年齢的には信長公の嫌われる年上であり、いずれ棄てられる老臣になる。佐久間、林様の運命は、いずれ拙者のものではないのか――。

ひそかに呟いたのは、外ならぬその抜擢を受けたうちの一人、明智光秀であった。

――それに天下万民に太平を拓《ひら》くとは言いながら、あのなされようはどうじゃ。

所詮は己の欲望に溺れる乱世の姦雄《かんゆう》ではないのか――。

思い悩み、光秀は一人、疲れ切ったのである。

だが、光秀の苦悩と明智家中の内部事情は、秀吉の巡らした忍びを通じて、ことごとく把握されていることを露《つゆ》ほども知らなかった。

第三章　覇王超え

1

《お屋形さまの行動に、なにやら奇矯《ききょう》が……》

姫路城の秀吉の許《もと》に、そんな噂が入るようになったのは天正九年（一五八一）の年初からである。安土城に忍ばせた奥女中の報告だけでなく、細川藤孝からも、京の伊藤道光からも同じような話が伝わって来た。

「のう官兵衛、まさかお屋形さまに限って……」

と、秀吉は小首を傾《かし》げたが、黒田官兵衛は、確信ありげに答えた。

「どうやら事実らしゅうございまするな」

新しく信仰するようになった切支丹衆筋からも、そんな声が上がっている。彼ら宣教師のほうが信長に会う頻度が高いのだから間違いはございませぬ、と官兵衛は付け加えた。

この頃の官兵衛は、手厚い介護を受けて皮膚病は治った。だが、萎《な》えた足が回復せず、まともに歩けない。このため、常時、専用の曲彔《きょくろく》に座って控えることを秀吉に許されている。その分、時に目線が小柄な秀吉より高くなることがある。話す時、遠慮がちに背を丸めるくせがついた。

姿勢だけでなく、気持ちの上でも切支丹宗を信じるようになってから、官兵衛は人間が丸くなった。元の自分の居城・姫路城を進んで秀吉に譲り、今は寄人《よりうど》のような形で常時秀吉の側に居る。

官兵衛は、さらに続けた。

「時に、底抜けに陽気になられたかと思うと、急に激しい頭風《とうふう》（神経性頭痛）にでも襲われたように不機嫌になり、際限なく残酷なことをなされるようですな。側近たちは気の毒に、心休まらず、すっかりおびえきっているとのことで……」

諸報告によると、この年の正月、早々に信長は馬廻衆《うままわり》を集め、閲兵式を行うと言いだしたという。だが、当日、雨が降ると、せっかく集まった馬廻衆に対して、天守にも顔を見せなかった。

そうかと思うと、突然、堀、長谷川、菅屋の三人の奉行を呼んで、安土城の北側に馬場を築け、と命じた。

安土城は五年の歳月を経て昨八年末に完成したばかり。それをすぐに手直しせよとあって、奉行たちは不審に思ったが、信長は説明を一切しなかった。

正月八日。これまた突然に、同じ馬廻衆に「来る十五日の《左義長《さぎちょう》》の行事に爆竹を用意し、頭巾をつけ正装して、めいめいが準備して臨むように」とのお触れを出した。

左義長は小正月に行われる火祭りのこと。平安時代に始まった一種の悪魔払い、あるいは年占《としうら》の儀式である。語源は、真言院の御修法《みしほ》の《三毬杖《さぎちょう》》に由来するが、この時、正月の松飾りを集めて焼くため、俗に《ドンド焼き》の名で子供たちにまで人気がある。

「わしも子供の頃はさんざん楽しんだものだ。たき火に当たるおなごの尻など触っては逃げるのが面白うてな」

秀吉は、悪ガキ時代を思い出して懐かしがった。

「そう思って、長浜城下でも城の行事としてはみたが、祢々《おね》の監視付きではな。詰まらなかった。あははは」

この行事を、天下人・信長が馬廻衆を総動員して、爆竹入りで大掛かりにやるという。

（爆竹入りか。聞くだけでもぞくぞくするな。俺も見物したい）

退屈しきっていた秀吉は大乗り気だったが、安土まで行くには日程的に間に合わないことが分かって諦《あきら》めた。

ところが、正月二十五日、

――京で《馬揃《うまぞろ》え》をする。各自はできるかぎり美装をこらし、参集するように

――との朱印状が織田支配領域の全武将に送られてきた。実施はおよそ一ヵ月後の二月二十八日。

今度は日時に余裕がある。

しかし、ただ「美装」と言われても、どんな衣装か皆目、見当がつかない。さすがの官兵衛も、古式には弱い。

（やはり半兵衛がいないと、こういう時に不便じゃな）

秀吉は、口の中でぶつぶつ言いながら、早速調べさせた。

《馬揃え》とは、昔からいう《兵馬汰《へいばた》》のことで、騎馬の軍勢の集合である。その故事来歴は、

——幸若舞の中で源頼朝殿の挙兵の場を《馬揃え》と歌った由。以後、兵馬汰を《馬揃え》と言うに至ったのは舞い歌の言葉揃えのため——と解った。

（面白い。今度こそ俺も行こう）

これから進軍する備中・備後の北部戦線は、まだ雪で閉ざされており、一時休戦中である。すぐに参加の旨を明智光秀に回答した。

光秀は、丹波平定後は、戦線から退《ひ》かされ、もっぱら本部付きの諸事万端の庶務係のような地位にいる。朝倉氏、足利幕府を亘《わた》ってきた豊富な有職故実《ゆうそくこじつ》の知識から万事にそつがない。それが、かえって器用貧乏に使われるようになっていた。

ところが、光秀から折り返し「御直披」と但し書きした直筆の返事が届いた。唐文字が多くて秀吉には読めない。右筆《ゆうひつ》に代読させて驚いた。全軍団から我も我もの参加希望で、総数五千騎に及び、とても内裏《だいり》の東の広場に入りきれない。申し訳ないが、遠国の武将には、参加をご遠慮願いたいとの、丁重な断り状であった。

「無理もないな。のう、官兵衛」

秀吉は、光秀の手紙を官兵衛に回して見せた。

官兵衛は、じっと手紙に食い入ったまま、なかなか顔を上げない。

「なにかあるのか」と秀吉。

「ちと妙でございますな。この文面」と、官兵衛は答えた。

「そうか、申してみよ」

「遠国の武将方にはご遠慮願いたいと申されるが、遠国に居られるのは殿だけではござらぬ。北庄《きたのしょう》の柴田様はどうか。そちらにも同様にお断りになられたのか、それがはっきり致しませぬな、この文面では。日頃は細心な明智様とも思われませぬ配慮なき書きようでござるな」

「なるほど。そう言われれば、そうかも知れぬな。日向《ひゅうが》殿はそういうことの心くばりにはそつない男じゃが」

そこまでは深く考えなかった。

「しかし、日向殿も、あれやこれやで、そこまで気が回らなかったのであろう。まあよいではないか。たかが遊びじゃ。たとえ勝家が参加するにせよ、勝家と意地を張って、日向殿を苦しめることもあるまい。捨ておこうぞ」

「殿さえ、それでおよろしければ」

秀吉は、あっさり了承の返事を出した。

ところが、話は追って届いた藤孝からの手紙によると、もう一つ複雑だった。

京の所司代から、広場が狭いので出場者の数を制限したい旨を信長に報告すると、事もなげに言われたという。

「なにをためらう。では広場を拡げればよいではないか」と。

だが、いやしくも御帝《みかど》の御所である。その広場を勝手に拡張はできない。測定してみると、必要な広さは、南北四町、東西一町に及んだ。敷地内には東南の隅に鎮守社があり、勝手に移すわけにはいかない。許可を願い出た使者・光秀に対して、公家たちは猛然と反発した。

――なぜ京の内裏でおやりなさる。安土でなされればよろしかろうに――

さらに、

――そもそも《兵馬汰》は、昔、白河院が警護の武者を閲兵されたことに由来する行事でおじゃる。それは御帝からの宣旨《せんじ》でされたこと。天下人とはいえ、今は無官の織田殿が、ご勝手になされることは筋違いではおじゃりませぬか――

秀吉は、再度官兵衛を呼んだ。

「朝廷側のいうのも、もっともなことと思うが、どうじゃ。あんな狭い御所周りでやるのが、そもそも間違いではないか」

京の地図を示しながら、官兵衛の同意を求めた。

しかし、出身の違う官兵衛は、朝廷問題には門外漢だった。まして切支丹になってからは無関心に近く、相談相手にならない。

うなずきながらも、

「日向殿は、さぞ間に立ってお困りでござろうな」と、しきりに光秀のことばかり同情していた。

話がかみ合わない。

こんな時、半兵衛がいてくれたらな、と寂しかった。

問題の所在は信長さまの朝廷への姿勢ではないか。近頃すっかり増上慢になられたのではないか。それが悲しかった。

秀吉は丹波の《山の民》の出身である。それも遠祖は藤原氏の最も高貴な血筋に溯《さかのぼ》ると信じている。父弥右衛門《やえもん》の代に、豊沃《ほうよく》な土地・尾張中村在に降りて平地への《溶け込み》を図った。ただの農民の子を自称しているのは、そのほうが出身を探られず、警戒心を抱かれないために過ぎない。内心では、自分の血は《天皇側近筆頭》との自負と誇りを持ち続けている。

朝廷がないがしろにされるのは、側近の後裔《こうえい》として身を切られるようにつらい。許せないのである。たとえそれが信長さまの行為であっても……。

官兵衛が相手では、らちがあかないと判って、秀吉は再度、小六に事の子細を調べさせた。

結果が出ると、今度は、官兵衛だけでなく、小一郎、将右衛門等、ごく内輪の身内の面々を集めた。

開口一番、まず、小六は言った。

「まず、この馬揃えは、御帝のご希望ではござりませぬ。それどころか、これは御帝に対するお屋形さまの御退位強要のための示威運動であろうとの噂が、公家衆にはしきりと囁《ささや》かれております」

小六もまた、秀吉と同じ《山の民》の同衆である。朝廷への思い入れでは、秀吉と似たところがある。

「まさかとは思うがの……。そちの調べのほうはどうじゃ、将右衛門」

秀吉は眉をひそめながら訊ねた。

忍びの仕事は、小六と将右衛門の軍団を二つ使って競わせていた。

「《馬揃え》のための内裏の東側広場の拡張普請は、京の所司代が、日向様の止めるのも聞き入れず、お屋形さまの意向を笠に強行されました。馬場となる禁裏東南隅の鎮守社は勝手に取り払われ、天満神社の近くに遷座《せんざ》されております。今上《きんじょう》の御帝は、これを大変にお嘆きになっているとのことでございます」

将右衛門もまた《山の民》の同衆。朝廷崇拝の念では秀吉、小六に勝るとも劣らない。こちらは顔まで真っ赤に染めて憤慨した。

秀吉は、この報告に思わずうめき声を上げるところだった。

かろうじて、自制すると、

「もうよい。それ以上は聞きとうないわ。やめじゃ、やめじゃ」

胸の怒りを静めようと、ぷいと横を向いたままとなった。

一昨年（天正七年）十一月の屋形さまの《謎の二条屋敷》の普請も、その尊皇心の現れと期待して、秀吉は裏切られた。

この屋敷は、誠仁《さねひと》親王（皇太子）を移住させて天皇と分離し、信長の傀儡《かいらい》に利用するために過ぎなかった。今では親王は、信長の命ずるままに、父親との調整もなく仕事をさせられ、朝廷が二つあるかのような異常な形になっている。

更に信長が、誠仁親王の若宮・興意《こうい》親王を猶子《ゆうし》（仮の親子関係）として貰い受けていた、という衝撃的事実も判明した。次の次の天皇の時代には、信長は天皇の養父として、専横を恣《ほしいまま》にしたいのであろうか。

（まるで、我が祖の敵・藤原道長そっくりではないか）と、秀吉は密《ひそ》かに唇を噛《か》んだ。

藤原道長（九六六—一〇二七）は、平安中期の政治家で、三人の娘を三代の天皇の中宮、後宮として納れて《三后《さんこう》の父》となった男である。三条天皇が眼病を患うと、それを理由に譲位を迫り、自分の長女（彰子）が生んだ敦成《あつひら》親王を登位させて（後一条天皇）、自分は外祖父・摂政として専横を極めた。

この道長こそ、秀吉が己《おのれ》の祖と信じる中関白《なかのかんぱく》・藤原道隆（道長の兄）の系譜を追い落とし関白の地位を簒奪《さんだつ》した男なのだ。

（ということは信長さまも、我が行く末の邪魔に……）

最後の（邪魔）という言葉の恐ろしさに、秀吉は、思わずぶるぶると震えた。

「馬揃えで、正親町《おおぎまち》の君を早期退位に追い込むのでは、という公家たちのおびえも、まんざら嘘ではないのかも知れぬな」

秀吉は、他人事のように呟いて、一座の話を締めくくった。

もはや自分の信長との差は、竹中半兵衛に遺言された「器《うつわ》」の大小の問題どころではない。二人の溝は、対朝廷の政治姿勢の違いにまで及んでくるような気がした。

2

「どうもお屋形さまの話題は気が滅入るな。別の話にしようぞ」

秀吉は、小六の報告の途中、朝廷に対する信長の、あまりの非礼にすっかり気分を害した。

「そうだ。かねて忍びを入れてある三河殿の例の話は、どうした。信康殿はなぜお屋形さまに切腹を命じられたのか、調べはついたか。まだ報告を受けておらぬが」

一年越しの懸案であった。

「はい、その話は、安土と三河の両面からできるだけ確かな筋の話をと思って、ついつい調べが長引いておりました。しかし、一応の結論は出るには出ております」

こちらは将右衛門が答えた。

「ならば聞こう」

秀吉はようやく気を緩めて脇息《きようそく》を前に置き、両肘《りようひじ》をついた。

前野将右衛門はゆっくりした口調で語り始めた。

「一昨年（天正七年）六月中旬、かれこれ一年半になりまするが、三河様はお屋形さまに駿馬《しゅんめ》を贈る使節として老臣の酒井小五郎忠次《ただつぐ》殿を安土に遣わされました。馬に目のないお屋形さまは、すでに百頭以上の馬をお持ちで、珍しい引き出物でもございませぬが、相手が三河殿ともなると格別なのでございましょうな。直々に酒井殿をご引見になり、丁重に接遇《せつぐう》なされた由にございます。その酒肴の席で、お屋形さまはふと『時に三郎はこのごろ、いかがじゃ』とたずねられたそうにございます」

「娘婿の信康のことじゃな」

「さようで。ところが信康様は地元岡崎では《父（家康）に似ぬ鬼っ子》といわれる激しい性格の持ち主で、この時、徳姫様（信長の娘）から夫の乱暴な所業について、父に叱って貰いたいという手紙が参っていたらしゅうございまするな」

「ふむ、若い時は、時に乱暴もしよう。そのくらいでなければ大物にはなれぬわ。だが、それを叱るのは、親の三河殿のなされること。それを義父に叱ってもらいたいと手紙を出すとは、けしからん話じゃな。愚かな娘の愚痴じゃろうが」

「しかし、その中に、あれこれ根も葉も無い噂まで書き連ねてあったとなれば、これはまた事は重大でございましょう」

「例えば、なんじゃ」

「信康様が武田家と交わした連盟の密約とか」

「そんな政治向きのことまで告げ口するのか、徳姫は」

「それだけではございませぬ。相手をなされた酒井様にも落ち度があったとは、三河の衆のもっぱらの噂にございます」

「ほう、そちらのほうが面白い。その話を聞こう」

秀吉は、今度は聞き漏らすまいと、じっと目をつぶった。

「酒井殿は今でこそ三河様に仕えてはおりますが、元はといえば酒井家のほうが、地元三河では家格が上だったそうにございます。それに年齢も三河様よりはるかに年上。徳川家の話をするのに遠慮というものがないお方でした。相手が信康様の義父であるという気安さも手伝ったのでござろう。信康様の乱暴を、これも老人らしい愚痴まじりで、余すところなく喋《しゃべ》ってしまわれた。お屋形さまはそれをひとわたり、じっくり聞かれた後、懐から信康様の悪行の数々を箇条書きした書き付けを出して酒井殿に示し、もう一度、一つ一つの確認を求められたとか。酒井殿は最初、それがなんのためなのかと、きょとんと眺めておられたそうで」

「そうであろうな。誰もが酒の上の噂話としか思わぬわい」

秀吉は呟《つぶや》く。

この箇条書きの中に、以下の有名な信康弾劾《だんがい》項目があった。

一つ。踊り見物で、踊り下手なものを矢で射殺したこと。

二つ。狩りに出て獲物が少ないと、道で会った坊主のせいだといって射殺したこと。

三つ。妻の徳姫の目の前で奥女中を斬り殺したこと。

「最後に、信康様とその母・築山殿《つきやまどの》が、ひそかに甲州の武田勝頼と文通し、お屋形さまに背を向けようとしているという話までが記されておりました。これには、念を入れて二人の周辺の者の、それを証拠だてるような怪しげな書簡まで付いていた由にございます」

「お屋形さまの念の入った偽工作じゃろう。恐ろしやな」

秀吉は目を開けると、信長の三白眼《さんぱくがん》を思い出して、思わず身震いした。

「さようで……。酒井殿はお気の毒に、酒席の酔いに紛れて喋り過ぎたのでございます。お屋形さまの真意がつかめなかったのでございますな。確認が終わると突然、お屋形さまは申されたそうな。『余がお徳から聞き及ぶことと、そなたの申すことは、概《おお》ね同じじゃな。このような男では将来が思いやられる。織田、徳川両家の今後の固めのためにも危険じゃ。帰って三河殿に《信康に腹を召させよ》と申せ。よいな、申しつけたぞ』。そういわれると、酒井殿のご返事もきかずにさっと立ってしまわれた。あっという間の出来事だったそうにございます」

「ふむ、で、三河殿はお屋形さまの指示をどう受け止めたのじゃ」

秀吉は我慢できずにまた口を挟んだ。

「あなたの子息・信康を殺せと信長さまに命令されてきました」といって、のこのこと岡崎に帰って来た老臣の酒井忠次。その報告をうけた時、家康は父としてどういう態度にでたのか。

秀吉の関心はそこにあった。

「はい。三河様はそこで酒井殿に『そちはなんと織田さまに申し上げたのじゃ』と詰問されたそうにございます」

「当然じゃな」

「ところが酒井殿は、答えに詰まっておろおろするばかり。そして最後は狂ったように途方もないことを申されたとか」

「ふむ。なんと言ったのじゃ」

「かくなる上は、徳川の面目にかけて織田家中と一戦を交えずばなりますまい。拙者ぜひ、その先陣を承りたいと」

「愚かな！　で、三河殿はそれに、なんと答えたのじゃな」

秀吉は、思わず声が高くなった。

「無言のまま酒井殿をしばらく見据えておられたそうでございます。が、やがて『そちは下がっておれ』と酒井殿の退席を命じられ、後は他の重臣だけを集めて別室にお入りになられたと」

「うむ、それから」

秀吉は、かすれた喉から振り絞るように言った。内心、家康の我慢強さにあきれていた。

「以後のことは、残念ながら、今日に至るも重臣たちの口が堅くてはっきりとは摑《つか》めませぬ。が、お噂では、お屋形さまの要求を鵜《う》呑《の》みにせよという意見は皆無。全員がお屋形さまの非を鳴らし、今一度の話し合いを、という平和論から、断固立って戦うべし、の合戦論まで論議は白熱し、容易に結論の出ないまま数日が過ぎたそうでございます」

「当然じゃろうな。信康殿の悪行狼藉《ろうぜき》が、若気の過《あやま》ちを超えているかどうかは、父である三河殿の監督の問題じゃ。武田との文通も、事実あったとしても、軽率を叱れば済むほどのものだ。たとえお屋形さまとて、義父が口出しすることではないわ。

そうではないか。で、その後はどうなった……」

「はい、それが……」

将右衛門は、いい辛そうに口をつぐんだ。

「そうか、今もってよく摑めぬのじゃな。それでわしが今日ここで言い出すまで報告できなかったというわけか」

「申し訳ございませぬ。ただ、最近おぼろげに分かってきたこともありまする。まだ確かとは申せませぬが……」

「今知ることを有り体に申してみよ」

「三河様はその後、ふいに席をお立ちになり、本多忠勝《ほんだただかつ》様お一人を自分の居間に召されて、ここでさらにお二人だけで半刻を過ごされたらしゅうござりますな」

「そうか。半刻の間、忠勝一人とのみ対座したか」

本多忠勝。この時、三十二歳。

井伊直政、榊原康政、酒井忠次と共に、後に家康の「四天王」といわれる若手謀臣の一人である。今川家の人質時代から家康の許で苦楽を共にした。桶狭間山の合戦の最中に、いち早く生まれたばかりの信康を背中に駿河を脱出し、岡崎に戻った功績は、今も徳川家の語りぐさとなっている。秀吉の下にはいない「譜代《ふだい》の知将」

で、秀吉はいつも羨望《せんぼう》の眼で、この男を見てきた。

秀吉は再度、目をつぶり、その後の二人の情景を頭に描いた。

家康は、いつもの手の爪を嚙む癖をぐずぐずと続けていたのではないか……。そして忠勝は正座して、端然と瞑想を続けたに違いない。だがその後、二人はなにを語ったか。

さすがの秀吉にも、それからの透視はできない。

「して、半刻過ぎて出て来た三河殿は、どのような様子だったのか」

秀吉は訊ねた。せめてそこからでも推測するしかない。

「はい、それが……。不思議なことに、他の重臣方の話では、三河様は薄ら笑いさえ浮かべて出てこられた由にございます」

「なに！　なんと申した。三河殿が笑って出てきたというのか」

秀吉は狐につままれたような気がした。

「はい、さようで。そしてすぐさま、平然と信康様に切腹をお命じになられたと聞いております」

「忠勝め、なにを三河殿に吹き込んだのだ！」

「それがさっぱりわかりませぬ。ただ待ちくたびれていた重臣たちに、三河様はただ『ミソサザイ、ミソサザイ』と、呪文のように呟いておられたとか。いやこれも、ただの噂にすぎませせぬが」

「ほーう、ミソサザイ？　といったのか。三河殿が？」

「はい、そう聞いております」

「ミソサザイ……か。間違いないな、確かじゃな」

秀吉はじっと考え込んでいたが、急に、

「信康は三河殿のお幾つの時のお子かな」

何げない風に聞いた。

「確か、三河様、十八歳の時のお子かと存じますが」

「ということは十六歳で築山殿を娶《めと》られて間もなくの子か」

「御意《ぎょい》」

秀吉はここで、はたと膝を打った。

（そうか、ということは……）

一瞬、秀吉の頭の中に、思ってもいない想念が浮かんだ。

ミソサザイはホトトギスの卵を抱かされ、あげくは孵化《ふか》したホトトギスの雛《ひな》に巣を独占されていく愚かな鳥である。ミソサザイと言ったとすれば、そこから出る結論は一つしかない。

信康が家康の種ではなかった――ということである。

今川義元がホトトギスだったのではないか。

（そういわれれば、信康は鬼っ子じゃった。家康の子にしては色白で気品がありすぎる。性格も違い過ぎていたな）

秀吉は信康の婚姻の招宴での信康の顔をしきりに思い出しながら、自分に言い聞かせた。

「そうか、信康が《死出の田長《たおさ》》の子と考えれば、こたびのお屋形さまの申し出を、家康め、逆手を使ったとも言えるのだな」

《死出の田長》とはホトトギスの異名。ホトトギスの義元が、姪の腹を介して三河を無血占領しようとしたのだ。

信長の切腹命令が、徳川のお家騒動を未然に防ぐことにつながった。

（そういうことか。それしか、あの男が黙って息子を死に追いやった理由は考えられぬわい）

秀吉は顎《あご》を撫《な》ぜながら何度も頷《うなず》いた。

（それにしても家康という男は、なんという幸運な男であろうか。世間の同情を買いながら、己の禍根《かこん》を未然に断つとは……）

秀吉は自分の上を行く幸運の持ち主・家康に、むらむらと燃えるような羨望を覚えた。

3

二月の馬揃えに参加しなかった秀吉は、引き続き三月五日の馬揃えの《二番煎じ》でも局外者に留まった。完全に信長の異常行動の傍観者を決め込んでいた。

しかし、三月三日。馬揃え《二番煎じ》の直前、急に信長から呼び出しがあり、ひょっこりと安土城に顔を出した。

（信長さまには貸しこそあれ、叱責されるようなことはなにもない）

今回は胸を張って姫路を発って来た。案の定、正式に《中国探題《たんだい》》に任じるとのご沙汰《さた》を受けただけであった。

「望外のお取り立てに与《あずか》り、唯々恐悦《きょうえつ》至極に存じまする。この上は、粉骨砕身あい務めますれば……大船に乗ったお気持ちでお任せくだされ」

と、涙を流さんばかりに喜んで見せたのは、秀吉一流の演技である。

秀吉は、この人事を事前に把握していた。

信長の（秀吉任命の）内意を知らせてきたのは細川藤孝である。光秀が信長の内政官僚となったことから、光秀と細川藤孝経由で、人事の話は筒抜けで秀吉の許に流れ込んでいたのである。

任命の背景にある理由も分かっていた。

一昨年、秀吉の辞任の後を受けて、総大将になった信忠が、就任早々、有岡城から荒木村重に脱走されるという失態を犯し、父信長をいたく落胆させたこと。

さらに信長を失望させたのは、年末の荒木一族の後始末の指令に、部下の先頭に立って信忠が反対したことが影響している。

事の次第を知らせる藤孝の密書を手に、秀吉は余裕十分だった。

姫路城に残して行く官兵衛には、

「乳母《おんば》日傘《ひがさ》の育ちじゃからのう、信忠卿《きょう》は。むごいことは嫌いじゃろうて」

と、しきりに信忠に同情まで示した。

官兵衛は、大きく頷きながら自分の切支丹衆からの内報を補足してくれた。これも東上の自信につながった。

「信忠卿が父君の処断に反対されたについては、も一つ隠れた理由がござります」

「ほう、まだ理由があるのか。申してみよ」

「高山右近《たかやまうこん》と中川清秀《なかがわきよひで》の両武将が『有岡城の生存者に、ご寛大なご処置を』と信忠卿に嘆願したためでござる。この二人は、旧主・荒木村重を裏切ったという後ろめたさがあるからでございましょうな。特に右近は、父ダリオ飛騨守《ひだのかみ》が、義を重んじて村重側につき、捕虜となった経緯もあり、必死の思いの嘆願だったと、拙者にまで切々と心情を吐露してよこしました」

「で、飛騨守は、どうなったのじゃな」

「嘆願が功を奏して、どうやら北庄《きたのしょう》へのお預けとか」

「ほう、勝家の許へか。有岡の捕虜虐殺の唯一の例外か。鬼の眼にも涙のたぐいじゃな」

秀吉は痛烈な言葉で信長を皮肉った。

「鬼の眼でござるか。さよう、どうやらそのようで」

「更に藤孝の手紙では〈お屋形さまは信忠卿にひどくお怒りのご様子〉で、〈そのような気弱なことでどうする。天下は取れぬぞ〉と息子をこっぴどく叱ったというが、そなた、これをどう思う」

「そこまでは知りませんでした」

「いやさ、知る、知らないではない。わしの訊《き》きたいのは、叱るお屋形さまのほうに非があるのではないか、ということじゃが」

「御意の通りに存じます。そのような天下取りは、ただの『覇王』に過ぎませぬ。たとえ取れても長続きしませぬ」

「では、信忠のような『情』で天下が取れるか」

「それも無理でございましょう。『情』は必要ですが、天下取りの姿勢で主役にしてはなりませぬ。せいぜいが側面に置く程度で……」

「では、お屋形さまのような『恐怖』の果たす役割は如何《いかん》？」

「『恐怖』は必要。ただし、拙者なら背面に背負うのみに留めとうござる」

「なるほど。では、肝心の正面は如何。そなたなら、ここになにを持ってくるな。天下取りの手段として……」

「やはり『理』でございましょうな。もっとも、理なら、それこそ屁《へ》理屈でも構いませぬが……」

「たとえ屁理屈でもよいか。わははは、よくぞ申した。流石《さすが》は官兵衛じゃ。竹中半兵衛にはなかなか言えぬことを、そなた、ぬけぬけとよく言うわい。しかしな……わしも中央にいれば、あるいは、信忠の『情』に引っ張り込まれたかも知れぬな。逃げるに逃げられずにな。考えただけでも恐ろしいわい」

秀吉は胸を撫で下ろした。

官兵衛は、にっこり笑うと、おもむろに言った。

「それ故、殿、こたびの殿の中国筋の総大将復帰、これは唯の《漁夫の利》程度と、軽くお考え戴かねばならぬといけませぬな」

「そうかな。何故じゃ？　重大な任務じゃぞ。それにわし以外に誰が、この大役ができる」

秀吉は自信満々鼻をうごめかした。

「殿以外にできる者はおりませぬ。しかしながら、それはあくまで殿の見方でござる。光秀や勝家には、今も申し上げた相応の屁理屈もあれば、ゆがんだ『情』もござろう。これを無視してはなりませぬ」

「なるほど。男のやっかみというやつか。となると……」

秀吉は一瞬、考えを巡らせた後、あっさりと言ってのけた。

「そうか、こたびの参上は、下手に安土あたりで長居しないほうがいい、ということじゃな。お屋形さまも内心は機嫌がよろしくないだろうしな。どんな火の粉が飛んでくるやもしれぬわい」

そんな姫路の密談を経ての、心の準備万全の参上である。

秀吉は、発令を受けると、計画通りそそくさと安土を辞した。

だが、戦線に戻ってはいない。

「養子秀勝様のご様子を見たいので、是非とも帰国のお許しを」と、秀勝をだしに使って長浜に逃げた。

長浜城は、光秀の坂本城に遅れること三年、天正三年の築城だが、光秀と同じ三重五層に留めてある。城の高さを光秀と競う気持ちはさらさらなかった。新参の二人に遅れてはならじと、同三年、北庄に城を築いた柴田勝家が、九重の天守を築いたのとは正反対である。

その代わり——天守から眺める景観は、坂本や北庄の比ではないと、内心で秀吉は自負していた。

長浜城に戻ると、真っ先に自分が謁見の間の下段に下りて、大仰に秀勝に拝謁する姿勢を取った。これも秀勝の側付きの奥女中を通じて、信長に報告が行くことを意識した演技である。

終わって、秀勝を、自ら自慢の天守に案内した。

「ご覧下さいませ。桜花の向こうに琵琶湖、南西に拙者が毎朝ここから伏し拝んでおりまする父君のおわす安土城。北に賤《しず》ヶ岳《たけ》、東に関ヶ原。ここの景色は花と湖が織りなす絵巻物でございまするぞ」

だが、当の秀勝は、なにを説明しても、ただぼーっと無表情のままである。凡庸《ぼんよう》を絵にかいたような子供、しかも生来の虚弱児。

それを、妻の祢々は、ひどく悲しむが、秀吉は内心喜んでいた。

(なに、信長さまから預かった、ただの質草よ。それに、こんなちっぽけな城、いつでもこの小僧に呉れてやってもよいわい)

挨拶が済むと、さっさと京の女衆の所に戻り、再び子作りと称して漁色に専念した。

しかし、京にいても藤孝からの朝廷関係の報告には注意をそらさなかった。

三月五日の二度目の《馬揃え》が終わると、朝廷は正式に信長の左大臣推任を決議し、二人の女官をその伝達に本能寺に派した。

さすがの信長も、相手が女官ともなると無粋に追い返すわけにもいかなかったとみえて、会うには会った。しかし相変わらず正親町天皇の譲位を求めて、左大臣の受諾を拒否した。

続いて三月十九日。朝廷は小御所で拡大公卿僉議《せんぎ》（＝会議）を開いて内衆、外様の公卿までの全廷臣に天皇の譲位の可否を諮《はか》った。

その結果、公卿は一致して譲位の議事を否決した。正親町天皇の父・後奈良天皇、祖父・後柏原《ごかしわばら》天皇、曾祖父・後土御門《ごつちみかど》天皇、いずれも譲位することなく天寿をまっとうされている。この三代百年に及ぶ先例を破ることはできない。これが否決の理由である。

直ちに勅使が安土城の信長の許に下向《げこう》し、朝廷の堅い決意の程を示した。

こうして、この年の《馬揃え》に端を発した朝廷と信長の譲位と官職を巡る暗闘は、どちらが勝ったでもなく、うやむやのうちに一応の終止符が打たれた。

だが、信長の気持ちは収まらなかったようだ。

この年の信長の事績は、この、いらいらの気晴らし行事や、逆に八つ当たりと思われる事件が、その後に続発している。

感情の起伏が激しくなり、病的な「鬱《うつ》」と「躁《そう》」の現れに似てきた。「鬱」は益々残虐性を帯び、「躁」は益々金に糸目をつけぬ遊びとなった。以下、記述の都合上、時系列で、この年の信長の起こした事件を列記しておく。

四月十日。信長は小姓五、六人を連れて、一日竹生島《ちくぶしま》に参詣《さんけい》した。

旅程は行きがけに長浜の羽柴秀吉のところに馬で寄り、そこから海上五里を船で渡って参詣するというもので、往復三十里。通常は一泊の旅程である。これを一日で日帰りした。

秀吉が在城して居れば、あるいは長浜に一泊したのかも知れない。

驚いたのは安土の留守居の女房たちだった。二の丸の者まで、主の不在を利用して近くの桑実寺《くわのみでら》に参詣に行っており、信長が忽然《こつぜん》と帰城した時、まだ大半が城に戻っていなかった。

怒った信長は遊びほうけていた者たち全員を縛り上げ、さらに女房たちを早々に帰すようにと、桑実寺に使者を出した。この信長の督促《とくそく》に対して、女房たちに代ってお詫びをと、急遽《きゅうきょ》参上した桑実寺の長老までも縛り上げ、女共々打ち殺してしまったのである。

そもそも、三十里を一日で駆け抜けるのも異常なら、女房、僧侶殺しも大人げない。それは心のわだかまりからくる「鬱」の現象であったとしか考えられない。

五月十日。こんどは和泉（現・大阪府下）の槇尾寺《まきのおでら》を血祭りに上げた。これは和泉の領内の差出（＝土地面積、年貢の明細報告）に不正があるという嫌疑である。

槇尾寺は西国三十三所の四番目の巡礼観音をまつる霊場で、空海が幼時に教法を習い、出家された名刹《めいさつ》。

信長は有無をいわせず、堂塔、伽藍《がらん》、寺庵、僧坊、経巻《きようかん》ことごとくを焼き払った。

そうかと思うと七月十五日の盂蘭盆会《うらぼんえ》には安土城下の摠見寺《そうけんじ》に数千の提灯《ちようちん》を吊るし、馬廻りの人々には新道・江堀に船を浮かべ、手に手に松明《たいまつ》を灯《とも》させた。城も城下も真昼のように輝き、明かりは安土城の天守閣を水にくっきりと映して見事な城と湖の一大絵巻を現出した。これに五千の兵と一万本の松明を惜しみ無く費消した。

ここからは「躁」の始まりである。

さらに八月一日。信長の五畿内と隣国の武将を集めて安土でまたまた《馬揃え》をやった。今度の目的は誰にも分からない。もちろん天皇の要請でもない。従って天皇の行幸もなかった。多分に「躁」の延長の、思いつきに過ぎなかったのだろう。

続く八月十七日。今度は一転、高野聖《こうやひじり》およそ四百人を捕えて、安土で全員を虐殺した。高野聖とは高野山から出て諸国を遊行回国《ゆぎようかいこく》して、弘法大師空海と高野山の霊《れい》験《げん》を説く僧である。当時は世俗化して悪質な僧侶が横行するようになったのは事実で、この中に荒木村重の残党が紛れ込んでいたという。その主要人物、荒木久左衛《きゆうざえ》門《もん》と同志摩守の二人が、実際に高野山に匿《かくま》われているという事実を摑んだ信長は、高野山に朱印状を突き付け、逮捕に向かった。

しかし、高野山はこれを無視した。高野山側は弘法大師以来、世俗の政争に関与せず、また出家した者については、過去を問わず、余生の避難所として生きる場を与えることを伝統としてきた。それでなんら不都合はなかったはずである、と抗弁した。

ところが信長の使者はきかない。久左衛門一味が高野山を根城にして、毛利や元の将軍足利義昭あたりと連絡をとっていると称して、両者の水掛け論が数日に亘《わた》った。あげくに、高野山の過激派僧兵が信長の使者十人を殺害した。これが高野聖虐殺の発端となった。

信長の奇矯《ききよう》は、なお続く。

が、この間、秀吉は相変わらず傍観の態度を守っていた。

4

秀吉は私生活では正室祢々とはうまくいかなくなった。だが、その人たらしの巧みさは妻の操縦術にも遺憾なく発揮された。

「そなたは別格の別格。他の女どもと自分を一緒にするような愚かな考えを棄てよ」

妙な理屈をつけては、反対に妻を叱っている。

それでも祢々の焼き餅が収まらなくなると、今度は「南殿《みなみどの》との間にできた秀勝は、祢々の手でひそかに毒殺されたのだ」という噂を流した。その上で、「祢々はそんな悪女ではない」と、祢々の耳にわざと入るような方法でしゃべった。

狡知《こうち》を超えて謀略に近い。

これで、祢々は浮気を怒ることができなくなった。それをいいことに、以後の秀吉は長浜に寄り付かなくなった。

三月二十九日。京の清水寺で秀吉主催の酒宴を開いた記録が残っている（『兼見《かねみ》卿記《きょうき》』）。招いたのは京の所司代・村井《むらい》貞勝《さだかつ》、同貞成《さだなり》の父子、堺奉行・松井《まつい》友閑《ゆうかん》など信長の近臣である。この人選は明らかに《馬揃え》以後の信長と朝廷との関係や堺の動きに探りをいれるためのものであり、単なる遊興ではない。名目は申楽《さるがく》の見物であったが、お互いに武弁の集まりとあって、鑑賞そっちのけで心おきなく飲んだ。最後は手先で申楽の所作を演じる手申楽、仕舞のような乱舞となり、今でいう《どんちゃん騒ぎ》を演じた。演技者には、秀吉が引き出物と称して小袖一領ずつ与えている。

当然これには大仰《おおぎょう》な金一封がついていた。

こうして秀吉は、何食わぬ顔で信長の動きを観察し、周辺を籠絡《ろうらく》し始めた。この他、朝廷の動きと競争者の光秀の行動については、細川藤孝の他に、さらに連歌仲間である里村紹巴《さとむらじょうは》、その弟子の里村昌叱《しょうしつ》等を手なずけて、探索を続けた。

この時期、すでに雪も解けて鳥取城の籠城攻めも再開している。

にもかかわらず、すべてを小一郎にまかせたまま、秀吉は姫路に帰らず、京付近でぐずぐずと時を過ごした。女色の合間に、京の大商人、堺衆、そして藤孝、紹巴等の歌人たちと頻繁に接触している。

実際、和歌や連歌の速修《そくしゅう》も行っていた。当時は貴族の長連歌に対して、庶民の地下《じげ》連歌が起こり、連歌は句風も平易になっていたから、秀吉でも容易に飛びこめた。辞を低くして束脩を弾むのだから、教える側も熱心だったことは想像に難くない。

秀吉四十五歳。ようやく自由と金の余裕のできる日々を、この頃になって思う存分に満喫したのである。

長い安土詣《もう》でが終わり、秀吉が姫路に戻ったのは五月下旬、それでもすぐには戦線に立たなかった。

六月十二日。姫路で津田宗及《つだそうきゅう》を招いて茶会を行った(『宗及茶湯日記』)。

実に優雅な戦線復帰である。

信長のそばに仕えて、いらいらの連続となった光秀に較べ、際立った対照を見せていた。

秀吉がようやく二万余の兵を従え、新装なった姫路城を後に因幡《いなば》の鳥取城に向かったのは、六月二十五日。

すでに、季節は真夏である。

自分の不在の間の戦略はすべて官兵衛任せである。

小一郎を総大将とする羽柴軍は、因幡周辺の局地戦を、ほとんど無傷のまま制圧していた。病後の官兵衛は、殺戮《さつりく》を避けて、出城や砦の周囲の食糧を金にあかせて買い漁り、糧食で締め上げた上で降伏させる作戦を取っていた。

戦闘らしい戦闘は、ほとんどしていない。

報告を受けた秀吉は、黙ってこの戦略を追認した。秀吉の頭の中は、中央の朝廷の動きと信長の奇矯の行方をどう考えるかで精一杯になっていた。しかし、戦況報告では、さも激烈な合戦のあったように、誇張を交えて書かせ、安土に送った。

自分が直接の指揮を執る鳥取城攻めも、同じ戦略を踏襲するつもりだった。

鳥取城主は毛利の連枝《れんし》衆の一人、勇将の名の高い吉川式部少輔《きっかわしきぶのしょう》（経家）。城は四方が人家から離れた険しい山城である。朝廷への不遜《ふそん》と奇矯の止まない信長の許で命をかけて戦う気は、さらさらなかった。

鳥取は町中を西から東南の町際に沿って流れる大河がある。

鳥取へ二十町ほど隔たった川際に、本城とつなぎの出城が一カ所。

もう一つ、河川が海に流れ込む付近にも、つなぎの出城があった。

「この城の援軍は、安芸《あき》方面から水軍でやって参りましょう。されば、我らも眺望のきく、高所に本陣を選ばねばなりませぬ」

官兵衛の意見に従い、鳥取城の東、七、八町を隔てたあたりの高山を見つけて、秀吉はこの山（帝釈山）を自分の居城とした。

すぐさま、兵糧攻め作戦を再開した。

まず鳥取城を取り巻き、二つの出城からの兵糧搬入の道を断ち切り、孤立させた。城の周りに、秀吉お得意の鹿垣《ししがき》（鹿の角のようないばらの枝を敵側に向けて作った垣根）をめぐらせて、城兵をとじこめた。五、六町ごとに、あるいは七、八町ごとに各部隊を城に接近させて攻撃しながら、堀を掘っては柵を作り、また堀を掘っては塀を付け、築地《ついじ》を高々と築き上げていった。その上で、隙間なく櫓《やぐら》を二重三重に構築させた。軍兵を多くかかえている部隊の陣地は櫓を堅固《けんご》に築かせ、後ろからの攻撃に備えて、後陣にも堀を掘っては塀や柵を設けさせた。

こうして城の周囲二里の範囲に高々と築地を作り、夜は陣地の前に篝火《かがりび》を焚《た》かせたので、戦場は白昼のように明るい。回り番を厳しく申し付けて、海上には警戒の船を置き、浦々の船の隠れそうな紛らわしい家は、ことごとく焼き払った。

一方、丹後・但馬《たじま》から海上輸送で自軍の兵糧を届けさせ、何年でも在陣できるような食糧の備蓄に励んだ。

安芸から毛利軍が来る前に鳥取城を遮二無二、攻め落とし、勲功を立てようなどという姿勢はまったくない。

最初から城兵を干乾《ひぼ》しにする長期戦の姿勢だった。

しかし、決して鳥取城が難攻不落だったわけではない。

（俺は光秀の八上城のような愚劣な攻め方はせぬ）

秀吉は、頑なにそう思ったたし、官兵衛も同意見だった。

二人は毛利援軍出撃の噂を聞けば、すぐ安土の信長に救援を泣きつくことに決めていた。

もっとも援軍到来の可能性は低い。中興の祖・元就《もとなり》亡き後の毛利兄弟には、鳥取まで陸海共に長期遠征する勇気はない。だからこそ、逆に援軍要請には意味がある。

織田軍の大援軍到来の声だけで、毛利は逃げた。おかげで助かりましたと、信長さまにお礼申し上げることができるからである——と官兵衛は説明するのであった。

「殿、よろしゅうござるな。この因幡攻め、決して殿お一人の功績とされてはなりませぬぞ。織田家中、皆、殿のご出世を妬《ねた》むものばかりの中、またぞろ、こたびの殿の《中国探題》のご就任でござる。他の武将たちは、己の至らざるを棚に上げ、ただただ怒り心頭のご様子。殊に柴田様、滝川様は、佐久間、林追放の例もござれば、表立っては不満を申さぬものの、家中では大変な荒れようとのお噂しきりにござる」

官兵衛は、にこりともせずに囁き続けた。

「譜代の年寄りどもは、うるさいからの」

秀吉は初めは、笑いにまぎらそうとした。

しかし、官兵衛はそれを遮って秀吉をたしなめた。

「年寄りばかりではござらぬ。明智殿もご不満の急先鋒でござる」

「あはははは、あの男は、いつもそうじゃ」

「しかし、お気を付けあそばされよ。ここ一番、大事なことは目立ち過ぎぬことでござる。この際は敵の援軍を過大に報告してでも、援助を求める姿勢を取ることが肝要。敵を欺《あざむ》く以上にお味方を欺かれよ。これもまた兵法ですぞ。拙者ひとりでは覚束《おぼつか》無きゆえ、是非とも各地の武将方にご救援を、と下手《したて》に出ることこそ、家中の嫉妬をかわす妙薬でござる。前の上月《こうづき》城攻めの時の救援要請とは事情が違い、このたびは独力で征服可能なことは重々承知の上で申すのでござる」

「あい分かった」

一応は渋る素振りは見せたが、それは官兵衛への手前であり、本心ではなかった。官兵衛に言われるままに、実際に援軍をと、信長親子の遠征の要請を安土に出した。

秀吉には秀吉で、別の思惑《おもわく》があった。

（信長さまを早く中国筋に向かわせることによって、朝廷との対立を、すこしでも引き延ばすことができるのではないか）

という微《かす》かな希望である。

信長はそんな魂胆《こんたん》はつゆ知らない。あの男、本気で戦っているのか、援軍を出す前に一度くらい吟味せねばと思ったのであろう。

一計を案じてきた。

八月十四日。自分の秘蔵の馬三頭を秀吉に与えることを名目に、鳥取までの馬の移送を高山右近に託したのである。

たかだか馬三頭を贈るのに、高槻《たかつき》四万石の大名がこれを持参する——。実に奇妙な人使いだが、これには付帯した指令のほうに意味がある。

信長は右近に命じたはずだ。

——鳥取方面の状況を詳しく見て帰城し、報告せよ——

真意は明らか。秀吉めは鳥取城一つ攻めるのに、とんだ長期戦の構えのようだが、そんな必要が果たしてあるのか。本当に援軍まで出さなければならないのか、そなた、音物《いんもつ》にかこつけて見て参れ、という趣旨である。

右近が馬三頭と共にやってくる——。

連絡を受けた秀吉は、腹の底から使者の人選を喜んだ。

使者が、官兵衛と仲のいい右近だったからである。

早速、官兵衛を呼んで言った。

「官兵衛。そなた、まだ切支丹への正式の改宗はしていないのか」

「まだでございます」

「なぜじゃ」

妙な信仰の督促である。官兵衛は不思議そうな顔で答えた。

「殺生しないで済むようになるまでは……。拙者、なかなか踏み切れませぬ。その矛盾に苦しむ間は、入信は避けとうございます。ただ、心はすでに決めております」

「その矛盾に苦しんだ男が、お屋形さまの命令でやって来るぞ。《一兵も殺さず、一兵も損なわず》の我らが戦法を調べるためじゃ。使者は高山右近。わしの戦いぶりが手緩《てぬる》いと報告されぬよう心掛けよ」

「心得ました。よき機会でござる。右近殿に切支丹信仰の教えをとくと伺いましょうぞ」

「宗論もよかろう。だが、鳥取城がいかに難攻な城か、また我らが戦法がなぜ正しいか、そなたの得意の屁理屈で籠絡《ろうらく》せい。右近も、そなた同様に殺生嫌いであろう。なれば、わしの戦いぶりは納得するはずじゃ」

「心得ましてござる」

――こうして、まんまと右近を術中にはめた。

右近が鳥取の報告を持って安土に帰国したのは九月の中旬である。

鳥取城の堅固な様子を絵図面をもって詳細に報告し、信長さまからおほめに与《あずか》ったと、『信長公記』は記録している。

右近の報告に満足したのか、信長は、中国筋を秀吉に全面的に任せたまま、十月九日不意に、逆方向である伊賀に向かっている。その前月（九月）、次男である三《さん》介《すけ》北畠信雄《のぶかつ》を総大将として伊賀の掃討を行わせた。その戦果の視察旅行であり、ほとんど遊びである。

ただ、信雄にとっては、この父親の現地視察は重要な意味を持っていた。伊勢の国司北畠氏に親の威光で押しかけ養子となった信長の馬鹿息子は、露骨な乗っ取り（直系の跡継ぎを追放して押し込んだ）であるため、領内にいても居心地がよくなかった。どこか新しい領地が欲しくてたまらなかったのである。

部下に厳しい信長も息子には極端に甘い。この視察の結果、伊賀四郡の内三郡をこの次男に、残る一郡を信長の弟の信包《のぶかね》に与えている。一部を叔父に横取りされた信雄は不満だったが、これは長男信忠の横槍の結果である。

伊賀の平定はそんな織田一族の小競り合いではあるが、一点だけ注目しておかなければならないことがある。ここに住む伊賀流忍者の行方だ。

忍者の系流は数多くあるが、ここに生まれた伊賀流の十七代平内左衛門《へいないさえもん》家長の三人の子は、分家して長男が上服部《はっとり》、次男が中服部、三男が下服部を興した。この三服部とも織田の伊賀攻めに敗れて多くは殺された。しかし、残兵八十人余りが、この時に三河の徳川家康の許に亡命した。これが家康の謀臣となる服部半蔵の誕生となる。

愚かな信雄は、伊賀の無差別征服のなかで、あたら有能な部下となるべき人材を家康に献上したことになる。

織田一族の小競り合いをよそ目に、秀吉は自信をもって中国平定の進軍を続けた。すでにその経略は、はるかに信長を超えていた。

十月下旬、鳥取城主・吉川経家の開城申し出を受け、経家他二名の切腹を条件に、城中の者全員の命を助けて降伏を受理した。

すでに城内は食糧尽きて、死者の人肉を争って食べるような惨状を呈していた。

「己の手にかけて殺したわけではないが……殿、我らが仕事、つくづく因果なものでござるな」

官兵衛が、それとなく胸の十字架に手を当てながら呟くのを聞かぬ振りして、秀吉は天を仰いだ。

今の秀吉の唯一の気掛かりは、主君信長と朝廷の関係だけだった。

いかにその関係の破局を避け修復を図るかである。

しかし、これについては誰一人として相談相手はいない。頼みとする官兵衛も、切支丹信仰に救いを求めるだけで、朝廷のことには無関心である。唯一人の相談相手が、今は亡き竹中半兵衛であったのだが……。

「半兵衛、そなた、余を置いたまま何故死んだのだ」

秀吉は、天を仰いで半兵衛を想い、嘆息の止まない毎日を過ごしたのである。

5

この年、天正九年の掉尾《ちょうび》を飾ったのは、安土城の信長に対する領国や同盟諸国の武将からの絢爛《けんらん》たる「歳暮」の数々であった。

『信長公記』は、これを「お屋形さまへの尊崇《そんすう》の念の現れ」と手放しで礼讃するが、事実は信長への媚《こび》と恐怖、自分の地位の保全願望以外の何物でもなかった。

信長は部下から好んで物を貰った。それも古今の良識ある将軍のように、下からの贈り物には二倍以上の返礼をもって報いるという常識を持たなかった。内外の贈呈品に対する信長の返礼品は、あっても、価値にして三分の一以下である。特に、公家や堺の商人などの持つ茶器・花器などの場合は、事実上の強奪だった。

以下二つの謀反も、信長の収集癖の強欲が絡んでいる。

一つは松永久秀。天正五年十月、謀反破れた久秀に、信貴山《しぎさん》城を囲んだ信長は、かねて献上を求めていた「平蜘蛛《ひらぐも》の釜」を差し出せば許してやろうといった。場当たりの条件と見透かされたのか、あっさりと拒否された。それだけではなかった。この六十八歳の老雄は、最後に城閣に登り、これみよがしに火薬を入れた釜を抱き、信長のほしがった釜もろともに爆死したのである。

これ以上の信長に対する面当《つらあ》てはない。

部下の前で大恥をかかされた信長は、怒り狂い、人質の久秀の息二人を京六条河原に引き出して、見せしめのために八つ裂きの刑に処した。共にやっと十歳を出たばかりの子供だったが、二人は悪びれる所なく、平然と討たれた。

――梟雄《きょうゆう》の子は、また天晴《あっぱ》れな梟雄であった――

と、京わらんべの口ずさみ（噂）は褒《ほ》めたたえた。それだけ、また信長の評価は下がった。

荒木村重の場合、信長は、荒木家秘蔵の名物道具のうちでも最高といわれた「青磁ノ花入れ」を欲しがった。謀反は、信長の邪《よこし》まな要求に懊悩《おうのう》した末の決断だとまで噂される始末。

このため、献上品は信長の物欲に合わせるように、相互牽制《けんせい》もきかぬままに、年々高価に、華美にと流れていった。

だが、いつの年も献上品の豪華さで秀吉に敵《かな》う者はなかった。

他の武将たちが「またか」と苦々しい思いをしているのを承知の上で、秀吉の献上品の豪華さと気前の良さは群を抜いていた。

この年の秀吉の歳暮は、また格別だった。

理由は明白だ。

十月、因幡の国の平定の功によって、秀吉の織田家筆頭の地位は不動のものとなった。秀吉の領国は、近江北部、播磨、但馬の本領七十六万七千石の他に、織田家に加わった新たな領地の因幡四十万石を預かり、その実力は優に百万石を超えたのである。

これに対して他の家臣たちはどうか。

旧筆頭家臣であり北陸総監でもあった柴田勝家は、上杉謙信亡き後、上杉家の後継者争いのどさくさの中で能登を奪い取り、着々と版図《はんと》を広げた。しかし、結果はすべて寄騎《よりき》の前田《まえだ》利家《としいえ》のものとなって、自領の増加に与《あずか》っていない。前田利家は、越前府中三万三千石から七尾城主二十三万石へと、異例の出世を果たした。

もう一人の秀吉の競争相手である明智光秀も、また丹波征服以後は加増の栄に浴することはなかった。それどころか中国進出の前面を秀吉に塞《ふさ》がれ、やれ《馬揃え》だ、花火だと雑用に使われる身分に転落していた。ほぼ秀吉と拮抗《きっこう》して出世してきたと自負する光秀としては、ここで決定的な差をつけられた形となった。

この二人の他は較べられる人物はない。出世街道は秀吉の一人勝ちとなったのである。

なぜ、それほどの格差になったのか——。

若さ（秀吉四十五歳に対して柴田勝家六十歳、明智光秀五十六歳）は別として、二人と較べた時、決定的だったのは竹中半兵衛とその跡を継いだ黒田官兵衛の存在である。秀吉はこの異なった二人の軍師の教えを、砂が海水を吸うように素直に吸収した。

それは《無学の勝利》でもあった。

勝家や光秀には、もしこの二人に匹敵する人物が現れても、その性格や自負あるいは古参の部下の存在が邪魔して、生かすことはできなかったであろう。信長もしかり。

半兵衛は秀吉に私欲のむなしさを教えた最初の人である。

――封土《ほうど》や城などはお屋形さまからの、いや天からの預かり物に過ぎぬとお考え下され。返せよと命じられれば返す。執着は禁物でござる。そう考えておれば、いずれ、また廻って参りましょう――

子のないことが幸いした。秀吉は、半兵衛の教えに抵抗する必要がなかったのである。

信長から預かったものはできるだけ部下に散じた。

さらに天性の陽性も幸いした。

官兵衛には、当初、半兵衛ほどの純粋さはなかった。しかし、村重に閉じ込められた有岡城の地下牢の一年は、この男の人生観を決定的に変えた。切支丹への信仰が芽生えるに従って謀略型一途の思想に抑制がかかった。それが官兵衛を一皮むけさせた。

そういう冷めた目で信長を見る時、秀吉も官兵衛も、信長に覇王の限界を見抜いていた。

年の暮れが迫った時、安土にお歳暮を届けよう――と最初に提案したのは秀吉である。

この国の「歳暮」の習慣は、いつ頃から起こったのかは不明だが、元々は正月や盆に、先祖の祭りをする時に、子孫が食物を持ち寄って共同飲食する習慣から派生したものである。これが室町の穏やかな時代に、上司、親族、僧侶、主治医などに物を贈り、その年の恩を謝する習慣に転化した。

秀吉はこれに目をつけて、官兵衛に相談した。

――結構でござるな。なさるなら、鳥取城の長期戦のお屋形さまのご不満を吹き飛ばすように、どんと豪華に、目立つようになされ――こう焚《た》き付けたのは官兵衛である。

官兵衛は信長の物欲の強さとその裏腹にある吝嗇《りんしょく》を見抜いていた。派手すぎる歳暮に反対する小一郎も説得した。

――家中は兄者に対する嫉妬で渦巻いてござる。なにを告げ口されるか分かりませぬぞ。その「備え薬」と思えば安いものじゃ。特に裏方や女衆には、あっと驚くような音物《いんもつ》をご用意なされませ。こんなものを、といわれてはかえってご損になりまするぞ。張り込むことじゃ。同じ贈るなら「さすが筑前よ、あきれた豪儀《ごうぎ》じゃ」といわれるほどに――。

堅実派の小一郎も、そういわれれば、ぐうの音も出ない。

この歳暮道中は、師走二十二日の早朝に開始された。

信長への献上品は、御太刀一振、銀子一千枚、御小袖百、鞍置馬十疋《ぴき》、播州杉原紙三百束、なめし革二百枚、明石干し鯛一千枚、クモだこ三千連。これに織田家の女房衆に進呈する小袖が二百点も添えられていた。これらが秀吉の安土城城外の外屋敷を出発して安土城に向かったのが夜明けである。城の開門と同時に運び込む計画であった。太鼓が鳴り、城門が開くと同時に、歳暮の行列は静々と安土城の大手門を上る。しかし先頭が門をくぐったのに、末尾の荷駄《にだ》はまだ秀吉の外屋敷を出ていなかった。これだけでも秀吉の歳暮戦略は天下に鳴り響いた。

《巧言令色《こうげんれいしょく》の徒《と》》と苦々しく思う者は家中に多数いた。しかし、

「あれを見よ。余もかようなおびただしき音物の行列は初めて見たぞ。猿はとんだ大気者よ」

と、当の信長本人が機嫌良く笑う。皆、黙らざるを得ない。

この秀吉の歳暮に対する信長の返礼はどうであったか？

歳暮のあまりの豪儀さに、信長は会う約束もなかった秀吉をわざわざ居間に招き入れて褒美を与えた。

三月以来会っていない信長のほうから、袴をつけながら「筑前か、さても久し

や」と声を掛けた。

ただし、秀吉への褒美は――、

――このたびの因幡・鳥取の城の攻撃に当たっては、堅固な名城であることとい い、大敵を向こうにまわしたことといい、大変な苦労であったのに、身を捨てる覚悟で当国を平定したことは、武勇のほまれであり、前代未聞のことである――

という趣旨の感状と茶の湯の道具十二種だけである。

鳥取城の攻撃はこの年、秀吉が二万の大軍を率いて六月二十五日に始め、十月二十五日まで四カ月を要したもので、短気な信長は、途中で秀吉の怠慢を疑い、高山右近を派遣して実情を調べさせたという曰《いわ》くつきの攻撃である。秀吉はこの城をぐるり遠巻きにして城兵を干乾しにしただけで、「身を捨てる覚悟で平定した」わけでも「武勇のほまれ」を発揮したわけでもない。

また、本心で感謝しているならば、落城二カ月後の感状の授与というのも妙である。

出すほうも出すほうだが、受け取るほうも受け取るほうだった。

秀吉は例によって、心底感涙にむせんだ振りをして受け取った。

受け取る側の秀吉のほうが、一枚も二枚も信長より役者が上手《うわて》だったのである。

（やはりこの歳暮戦略は効き目がある。お屋形さまは物で動くお人じゃ）――秀吉はこの時、信長を腹の中で笑う余裕を持ち始めていた。

秀吉が用意したもう一つの信長懐柔策は、養子として預かった秀勝への露骨な追従《ついしょう》である。

「お屋形さま。いよいよ於次丸様十四歳に御成り遊ばされまする。ついては、来春は早々に元服させとうござりまする。お許し戴けましょうや」

と、ぬけぬけと言上した。信長に文句のあろうはずのないことを承知のうえである。

「許さいでか」

信長は顔をくしゃくしゃにして答えた。

「ついては来春の備中攻めには是非とも於次丸様の具足初《ぐそくはじ》めとし、初陣を飾らせとう存じまするが、これもお許し戴けましょうや」

秀吉は何食わぬ顔でいう。

「ほーう」

信長の顔は、さらに崩れる。

「なんという城攻めが初陣となるかのう」

「私めの思案では、備前児島に残る敵城の一つ、麦飯山《むぎめし》城がよろしいかと存じまする」と、懐からかねて用意の地図を出した。

「麦飯山というのか。面白い名じゃな。まあよい。そなたにすべて任せよう」

言いながらも信長は地図を懸命に見た。子に甘い信長を逆手《さかて》に取った秀吉の勝利の会見であった。

後日談だが、翌年三月、この子細を知らせる注進のあったことが『信長公記』に残されている。しかし、この城がどこの、なに城かは現在では定かではない。どちらにしてもたいした城ではなかった。それを大袈裟に吹聴《ふいちょう》しただけである。

こうして信長の物心両面を完全に掌握した秀吉は、翌天正十年から、中国全域の経営権を一手に握る旗頭となった。

歳暮を納めた後、秀吉は信長に別れを告げて姫路へと帰る。この下向途中、十二月二十七日。茨木で京都に向かう津田宗及と出会い、茨木城内で茶会を催している。

偶然の出会いではない。今度、信長から拝領した茶道具をすぐに使ってみたい、という口実で呼んだのである。

かねてから宗及を安土やその他の武将の動静を知る人脈として利用していたから、今度の茶器の拝領も、宗及と会う絶好の理由となった。併せて茨木城主・中川清秀も自分の理解者の一人としておかねばならない。信長同様に十分な歳暮が二人のために用意された。

信長から拝領した茶の湯の道具十二種がどのような物であったかについては記録がない。残っている『宗及茶湯日記』にも、ここで使われた茶器の批評はない。しかし使った後、これを大事に箱に収めながら、秀吉は宗及と清秀に告げた。

「これは筑前が宝物でござる。その茶碗をそっと撫ぜては、筑前が感涙にむせんでいたと、お屋形さまにとくとお伝えくだされや」

他人の口からこれが信長の耳に入る。それがもっとも有効な信長の愛顧を得る道であった。

姫路に帰った後、正月十八日にも、秀吉は宗及を堺から呼び、茶の湯を行っている。自信と余裕の現れと言ってよい。

こうして時代は激変の天正十年に突入する。

第四章　天正十年

1

秀吉は年明け後も、姫路城にどっしり腰を落ち着けたまま動かなかった。戦線に復帰する気もない。

（今年こそお屋形さまと朝廷の関係を見極め、己《おのれ》の生き方を考えねばならぬ）――心に期するものがあった。

この間、細川藤孝からの中央情勢の諜報入手に一段と熱を入れた。

この頃の藤孝は、すでに光秀の傘下にはない。昨年、光秀が中央政務――といってもほとんどが雑用係だが――に起用されて以来、藤孝は光秀の指揮下を離れ、当初の「遊軍」に戻っている。

藤孝からの諜報によれば、昨年から始まった信長の「奇矯《ききよう》な行動」は今年も続いており、安土城の参賀者から城の拝観料を取ったり、再び左義長踊りの狂態を演じたりしているとのことだった。

だが、今年は、昨年のような朝廷との間に直接の紛争まではない。

まだ昨年よりまし、と思っていた直後の二月。元関白近衛前久《このえさきひさ》が、急に太政大臣《だじようだいじん》に就任したとの知らせを受けて、秀吉は奇異に思った。

早速、前野将右衛門を藤孝の許《もと》に走らせた。

藤孝から得た説明は次のようである――太政大臣という官職は日本独自の官名である。和訓ではオオイマツリゴトノオオマエツギミという大層な名前であるが、令文では「天子の道徳の師、四海の民の規範」などと記されるだけで、関白と違って具体的な職務はない。適任者のいない時には欠員とされるため「則闕《そつけつ》の官」ともいわれる。つまり「非分掌の職」である。この二月まで欠員であった。

ではなぜ、この時期に先の関白近衛前久に発令が出たのか?

「お屋形さまの御帝《みかど》に対する譲位要求に対して、朝廷は論客の前久様を前面に押し出す必要があったからでござる。時の関白一条内基《うちもと》様は、五摂家（近衛、一条、二条、九条、鷹司《たかつかさ》）持回りの先例で関白におなりになっただけで、はなはだ、お心もとない存在でおじゃってな」と、いう答えが返ってきた。

（前久は朝廷の持つ最後の切り札。いよいよ、この対立はのっぴきならないところまで来たな）と秀吉は直感した。

ところが同じ二月、突如、信長の信濃進軍（武田家殲滅《せんめつ》戦）が宣言されると、新太政大臣近衛前久が、信長に伴われて信濃に同行することになったと、在京の前野将右衛門から連絡が入った。

何のための同行か。その経緯をさらに藤孝に質《ただ》すと意外なことがわかった。前久の方から「物見遊山を装いながら信長の正体を見届けたい」と強気に主上様（天皇）に奏上し、勅許《ちょっきょ》を得たのだという。

前久の性格は公家に似合わず豪気果断。裏方に回って、朝廷に忠節を示す上杉、毛利方に、朝廷の《周旋方》として日本中を飛び歩き、信長の横暴、不敬を、時に強気に、時に柔軟に耐えてきた男である。

（あの男なら、そのくらいのことは言うであろう。しかしこれで、いよいよ対立は一触即発）と、秀吉は一層危機感を強めた。

さらによく調べてみると、信長は前久の同道を決めた後、「名門武田家殲滅戦」の宣伝効果抜群の、もう一人の男――しかし、前久には最も不似合いと思われる日本最初の黒人――を連れていくことも耳に入った。

当時、黒人の物珍しさは地球の絵や眼鏡の比ではなかった。信長自身、ヤスケの皮膚をごしごしこすらせ、ようやく信じたという、いわくつきである。

出立は三月五日という。

「お屋形さまと黒人連合に対する前久様の珍道中の成り行き、ぞくぞくするほど面白うござるな」

と、官兵衛は無責任なことを言うが、秀吉は前久がどんな屈辱を受けるか、と気が気ではない。

秀吉は、小六を呼んで言った。

「この道中、誇り高い近衛前久は、お屋形さまと仲たがい必至じゃ。前久がどのように行動するか、お屋形さまの動きを追う将右衛門とは別に、そなたは、前久だけの動きを、しかと見届けて参れ」

二月の将右衛門に続いて三月初旬、小六の謀臣部隊も東下した。

同じ頃、西の毛利軍が蠢動《しゅんどう》し、昨年秀吉が占拠した伯州（伯耆《ほうき》）を中心に、数カ所の小城が奪回された。

小一郎は「兄者、このままにしておいてよろしいのですか」と、不安そうに出先の城兵の「撤退報告」を持ってきた。が、秀吉は「いいから放っておけ」と言って報告書すら見ようともしなかった。

ただ、安土への些細な「敗戦報告」は、すべて握り潰した。

秀吉が、重い腰を上げたのは三月十五日である。

とはいっても、その後の羽柴軍の動きはおそろしく鈍い。次の羽柴軍の移動記録がこれを物語る。

三月十五日　姫路城出発

同日　備前三石《みついし》（現・備前市三石）着

同　十六日　三石を発し浦伊部《うらいんべ》（現・備前市浦伊部）にて休息（宇喜多家接待）

同日　浦伊部経由、福岡（現・瀬戸内市長船《おさふね》町福岡）着

同　十九日　福岡出発。沼（現・岡山市沼）にて休息（同接待）

四月　四日　岡山城入城

姫路から岡山までの全行程は二十里に満たない。すべて織田方に寝返った宇喜多家の支配下にあり、毛利との戦闘は一切なかった。

まともに行進したのは、初日（三月十五日）の姫路―三石間（十里弱）だけである。残る十里余りを、実に十九日かけて進んでいる。

宇喜多家が秀吉のために新設した各地の茶屋で、秀吉は諜報戦の合間を、やれ茶会だ、花見だ、歌会だと遊び興じて過ごした。

無聊《ぶりょう》を慰めたのは、直家の側室・福。人質として秀吉が預かった跡継ぎの秀家の実母である。子に会わせるといわれて飛んできた。

福は、元美作《みまさか》国高田城主三浦貞勝の妻であったが、夫が宇喜多直家に滅ぼされた後、一子を連れて直家の側室になった。

《三浦の福は美作一》といわれた有名な美女である。

しかし、宇喜多家では、妖花《ようか》とも傾国《けいこく》の美女ともいわれ、極めて評判が悪い。直家に福のことで諫止《かんし》して切腹した武士が出たほどである。事実、福を側室としてからの直家は、人が変わったように将としての精彩を失い、五十三歳で病死した。しかし、直家の正室と他の側室には男子がいなかったことが幸いし、秀家がすんなりと宇喜多の家督を継ぐと、後は実母・福の天下となった。

夫直家の死は、今年（天正十年）一月九日と公表されたが、実際の死は一年前の二月十四日である。すでに喪明けで、誰はばかることもない。この時、三十七歳。

すでに当時の年齢としては《姥桜《うばざくら》》であるが、美貌は依然として衰えていなかったという。

秀吉は一目惚れした。今まで相手にした公家の娘とは全く違う《熟女》であったこともある。が、それだけではない。すでに二人の子をなしたという受胎実績がある。

（もしやわしの子も作れるのではないか）

と密《ひそ》かに思った。

道中、早速に口説き落とした。地元の「糠鹿《ぬかろく》」という強壮剤を手に入れてまで懸命に子作りに励んだが、やはり子宝を得られなかった。

岡山までの途中、仕事らしい仕事といえば、三月十七日だけであった。この日、信長との約束どおり、養子の秀勝を長浜から呼び寄せ、備前・児島に唯一つ残していた敵城を攻略して、秀勝の《具足初め祝い》の真似事をしている。

しかし、そんなところにぽつねんと敵城が一つだけ残っているわけはない。実は麦飯山の山頂に残った毛利方の砦は空であった。ここに、いかにも敵が残っているように養子の秀勝に見せかけて攻撃を加え、あっさりと占拠した上で「秀勝様の初陣お見事」と称《たた》え、大々的に安土への戦況報告としたのである。

すべて官兵衛と二人で仕組んだ、でっち上げである。でっち上げ芝居が終わると、早速、信濃の実父の所に報告に行かせた。

秀吉は、福の魅惑に溺れる一方で、耳目のすべては二月に派遣した将右衛門の各諜報部隊と共に、安土の信長と朝廷の動きに向けられていた。小六、将右衛門の二人の諜報報告を、いち早く、より確実に知るためには、宇喜多家の支配地の備中以西に出てはならない。

将右衛門の諜報から、信長が武田氏滅亡を確認し、四月十日に甲府を発進したのを知った。その後、四月十三日に秀吉は悠然《ゆうぜん》と岡山城を発進している。二つの日時は、将右衛門たちの報告到着に要する日時差を考えればほぼ一致している。

2

小六と将右衛門の二人は、四月中旬、揃《そろ》って帰参した。

秀吉は岡山城を出て間もなく二人と密談した。聞き手は秀吉の他は小一郎と官兵衛のみ。家定（木下）、弥兵衛尉（浅野）といった近臣すら、この席には出させない徹底ぶりであった。

報告の冒頭、小六は言った。

「この道中は、前久殿にとっては、最初から最後まで地獄でござりましたろう。まず琵琶湖畔・下街道《しもかいどう》の町中では、黒人ヤスケの派手な赤いビロードとか申す外衣と黒の鳥羽根帽子にばかり群衆の注目が集まり、前久殿はご自身のお駕籠《かご》の動きもままならず、路上を右往左往させられるうちに、駕籠の小窓をこじ開けられたり、窓の紗《しゃ》張りを破られるやらの散々の目に遭われました……」

「近江柏原《かしわばら》（現・米原市）から岐阜へご到着になり、やっと町衆の狼藉《ろうぜき》から解放されると、今度は、信濃から続々とやってくる武田武将の首桶の攻勢。そのたびにお屋形さまの命令で、前久殿は生首を見せつけられ、織田軍団の野卑《やひ》な小踊り、絶叫を聞かされ辟易《へきえき》されたご様子でした」

「それで前久は勝頼の首も見たのか？」と秀吉。

「ご覧遊ばされました。この時だけは、お駕籠からお降りになり、久しく呪文やご祈禱《きとう》をお唱えの様子でございました」

「それでは、我慢して最後までお屋形さまとご一緒されたのか」

「いえ、前久殿は、朝廷からの勅使・万里小路《までのこうじ》充房《あつふさ》様が、主上様の戦勝祝福の宸翰《しんかん》をご持参遊ばされるのを待ちきれずに、《気の病》と称して織田軍と袂《たもと》をお分かちになられましてございます」

「やはり案じたとおりの仲たがいとなったか。となると、話はここで二手に分かれるわけじゃな。前久の話は後にして、まずお屋形さまの動きを、将右衛門、申してみよ」

「では、お屋形さまを追った拙者がお話し申し上げます」

将右衛門は話を引き継いだ。

「三月二十三日でございました。お屋形さまは滝川一益《たきがわかずます》殿を招かれ、上野《こうずけ》一国と信濃の東二郡五十万石を与えられ《関東管領《かんれい》》を任命されましてござります」

「管領」とは統括の意で職名ではない。「一所の長官」程度の名称である。秀吉は鼻先で笑いとばした。

「やっと所領を五十万石にしてもらったか。しかし、拝領した所が上野、信濃では、一益め、これからさぞ統治に難儀しようの」

秀吉は、遠い昔、針売り時代に見た、盤石の治世下にあった太田、武田領を思い、隔世の感を覚えた。

（あそこをよそ者が支配するのは、藤孝の丹後支配以上に難しい）という感触だった。

「続けまする。二十九日には、他の武将一同にも諏訪《すわ》の法華寺で各々《おのおの》恩賞と所領を与えられ、織田軍はここで正式に解散いたした。お屋形さまは、その後、一旦、甲府に戻られ、四月三日から十日まで甲府にご滞在になり、ここで京よりの勅使・万里小路充房の戦勝祝いを受けられたのでござるが、拙者の同行はここまで。後は部下に任せて、ここに帰参いたしました」

朝廷は、合戦の勝者に必ず宸翰《しんかん》（天皇直筆の手紙）を贈る。武力を持たない朝廷の延命の知恵である。相手の善悪を問う力はない。

「ただ、戦勝祝いをお受けになる直前の四月三日。信忠軍は武田に寄留していた佐々木承禎の子義治をかくまったかどとやらで、塩山の臨済宗妙心寺派の恵林《えりん》寺を襲い、快川《かいせん》和尚はじめ寺中の老若男女を一人残さず山門の上に追い込むと、下に藁《わら》を敷き詰めて火を付け、全員百五十人余を蒸し焼きにされたそうでございます」

「またまた乱暴狼藉《らんぼうろうぜき》をやったか。そなたの予告どおりじゃな」と、秀吉は舌打ちしながら官兵衛を顧みた。

官兵衛は苦虫を嚙んだような顔で頷《うなず》くだけだった。

秀吉は続けた。

「快川和尚はわしも存じておる。昨年、主上様から国師号を与えられたばかりの高僧じゃ。それを勅使の来る直前に焼き殺すとは、朝廷に対する当てつけもいいところ。もっての外の振るまいじゃな。主上様も、さぞお嘆きであろうの」

秀吉は、御帝《みかど》のご心情を思い、悲しみを超えて怒り狂いたい心境だった。朝廷のこととなると、無意識のうちに顔がこわばっていくのは、先祖の血のせいだと、自分では堅く信じている。

秀吉の怒りの形相に恐れをなしたのか、官兵衛以下もしゅんとして頭をたれたままとなった。

やや落ち着きを取り戻すと、将右衛門に言った。

「続けよ」

「はい、さて四月十日以降は、部下の報告を元にお話し申し上げます。お屋形さまは、ご気分よく飯田に出られた由にて、富士の裾野を廻り、駿河から遠江《とおとうみ》そして安土へと凱旋《がいせん》の途につかれましてございます。ただ、駿河から以西は、三河様の忍び衆が大挙して岡崎より到来し、お屋形さまのご警護が、ことのほか厳しくなり申した。この後の報告は従って、はるか遠くからの遠望での観察となりまするが……」

「やむをえまい。それで……」

「四月十二日。お屋形さまは、かみのが原・井手野とか申す所で馬を走らせ、富士をご覧になられました。今も申しましたように、警護はなはだ厳しく、近づくことかなわず、遠望するに留まりましたが、お屋形さまは馬で富士の裾野をしばらく駆け巡った後、一人だけ馬から下りられると、驚いたことに、そこで突然踊りだされた由《よし》にございます。ただただ狂われたように踊られ、いつ果てるともなく続きましたそうにございます」

「そうか、お屋形さまは、とうとう踊り狂われたか。名門武田は、積年のお屋形さまの重圧じゃった。それが消えたのじゃから、喜びもひとしおというのは解るがの……」

本心は違う。

（ふん、信長の器《うつわ》もその程度か）

富士を見飽きるほど見てきた秀吉には、信長の踊り狂う姿は醜悪でしかなかった。

「後は三河殿の接待じゃな」

「御意」

「では、つまらぬ。ここからは小六、その後の近衛前久は如何《いか》に」

秀吉は、おもむろに小六を見た。

「では申し上げます」

小六は一歩、膝を進めて語った。

「前久様は、甲府にてお屋形さまに別れを告げられると、元の路を引き返されてござる。途中で武田信玄公の終焉《しゅうえん》の地、阿智村の駒場に寄られ、一人、信玄公の冥福を祈られた後、近隣の田舎宿に立ち寄られました」

「ほう、田舎宿にの。いで湯の里か」

官兵衛が口を挟んだ。皮膚病を患って以来、官兵衛は温泉好きになっている。

「いえ、ただの商人宿でございます。しかし、一刻ほどして出て参ったのは、明らかに空駕籠とお供衆のみでございました」

「ほーう」

皆、かたずを呑んで、次の小六の言葉を待った。公家がそこまでやるのか、という驚きで満ちていた。

「ご自身は、間違いなく宿に留まられたご様子。なお怠りなく五人ほどの部下と共に監視を続けておりますと、その夜半、あきらかに前久様とおぼしき僧形《そうぎょう》の男が一人、夜陰に乗じて身を翻すようにして宿を出られました。生憎《あいにく》の雨夜となり、外は一寸先も闇の中、最初は提灯《ちょうちん》を持ってのご出立でござったが、追う我らに感づいたらしく、途中から提灯の明かりも消されました。その足の速いこと、たかが公家と思っていた我らをあざ笑うような、まさに天狗が天を飛ぶが如くでございましたな」

「見失ったか」

官兵衛が渋い顔をした。

「はい、残念ながら……」

小六は、ばつの悪そうに、はげ上がった頭をかいた。

「しかし、その場は追うことはかなわず断念いたしましたが、前久様がこのように密行される所は、ただ一つしかござらぬ」

「越後よな」

秀吉は間髪を容れずに言った。これしか考えられない。

「御意。すぐさま思い直し、拙者らも越後を目指して後を追いましてございます。すると……」

「わかったのじゃな」

「はい、越後・与板《よいた》の与板城に、かねて派しておりました忍びの侍女から、人品卑しからざる巨漢の僧一人が急遽《きゅうきょ》、京より参られ、直江兼続《かねつぐ》殿と密談中との報を入手いたしました。間違いなく前久様とにらみ、密談を探らんとしましたがかないませぬ。やむなく城外に待機すること二日、今度は前久様、悠然と元の公家姿に戻られて、城主直江殿の網代《あじろ》乗物で越後国境まで来ると、そこには、ご自分のお乗物が待機しておったという次第でござる。ごゆるりとした帰京なれば、京のお着きは四月半ばかと……」

「お屋形さまの方の安土へのご帰還はいつか」

秀吉は将右衛門を振り返った。

「三河様のご接待いかんにもよりますが、恐らく二十日前後となりましょう」

「そうか、そんなに遅いのか。では、またもや、お屋形さまの督戦の折紙（手紙）攻勢の再開じゃの。おおこわや、こわや。あはははは」

秀吉は、最後に道化た顔で笑うと、密談の座を散じた。

道化は、あくまで部下への韜晦《とうかい》に過ぎない。続く笑いは違う。自分でも驚くほど自信に満ちた、腹の底から吹き上げる笑いだった。

（信長の専横を防ぐためには何かが起きなければならない。いや起こさねばならない。この俺が……）

ふと、半兵衛の今際《いまわ》の言葉が蘇った。

――ご自分で手を下されずとも、『覇王』を地獄へ導く手だてはござろう――

――『中国攻めに是非お力をお貸しくだされ』と願い出て、信長父子を備中にお呼び出されては如何に。後はしかるべく毛利方に方策を練らせることもできましょうぞ――

（そうか、その手があったな）

一時は、忘れようと努めた禁句である。

（朝廷のためにも、そしてこの俺のこれからの人生のためにも……、もう一度嚙《か》みしめてみようか。今年こそ本気で……）

秀吉は、どんと力まかせに胸を一つ叩いた。

3

四月十三日、岡山城を発進した。先鋒は宇喜多勢五千、秀吉自らは一万五千を率いた。

しかし、相変わらず秀家を手元から離さない。

身も心も秀吉に捧げた福は、てっきり人質の我が子を返してもらえるものと思っていたが、秀吉にはその気はなかった。

が、夜の臥床《ふしど》で、すすり泣く福を見た秀吉は、慌《あわ》てた。

「泣くな、福。余は秀家をそばに置いて将の道を学ばせるつもりなのじゃ。嘘偽りはいわぬ。将来は、余の養子にとまで思っておるのだ」

と言って説得するしかなかった。

とはいえ、人質は人質である。万一、西進する間に宇喜多に再度、毛利方に寝返られたら、毛利方に前後を挟まれてどうしようもなくなる。

そこまで秀吉は理性を失ってはいなかった。

もっとも、連れ歩くうちに、幼い秀家に将としての天稟《てんぴん》を見いだしたことも事実であった。

(秀家が自分の子であったなら……)何度そう思ったろう。

秀家は、自分の内に潜んでいた《父性》を初めて開眼させてくれた子供だった。

軍議では常に秀家を自分の隣に座らせ、議事の解説まででした。

秀家のあまりの溺愛ぶりを伝え聞いた祢々から、「お屋形さまへの聞こえもあるに」との苦情が来たが、一切聞き入れなかった。煙幕代わりに手兵の内の五千を割いて、形だけ秀勝軍とした。

十四日未明には竜王山に陣を構えている。

西と南に展望が開ける小高い山（標高二百八十六メートル）である。

毛利軍の主城・高松城から、北々東一里足らずの至近距離にあり、山頂からは眼下に高松城を一望で見下ろすことができた。

すでに三月以来、小一郎の采配で、周辺の六つの支城には順次、調略を仕掛けている。が、いずれもまだ成果を上げるには至っていない。宇喜多直家を帰順させたようなわけにはいかなかった。

直家の場合は毛利の外様であった。病身で、遺児秀家が幼少で心もとないという、いくつもの好条件が重なっていた。

備中六城はそうはいかない。

秀吉には調略の無理は解っていた。しかし、秀吉の二人の謀臣は、その後の信長と前久の動きを追って再度、東上しており、小一郎に任せるしかなかったのである。

だが、小一郎は天真爛漫《らんまん》で一途《いちず》に兄思いの弟であった。《意外な話》を小耳に挟んでくるという収穫があった。

ある日の夕刻のことである。慌ただしく調略の使者から戻ってくると、小一郎は秀吉に耳打ちした。

「筑前殿だけなら喜んで帰順したい。しかし背後に控える信長は鬼じゃ、魔王じゃ……。迂闊《うかつ》に織田方についても、なにをされるか解らぬ。それゆえ、なかなか踏ん切れぬのだと申しておりまする」

小一郎は声を弾ませていた。兄が喜んでくれると思ったのだろう。だが、

「誰じゃ、そのようなことを言うのは」と、秀吉は顔を顰《しか》めた。

「日幡《ひばた》城の上原右衛門大夫（元将）殿を始め、大勢おられます。実は、拙者も兄者の人望に驚いているような次第で……」

上原元将は備中の国人である城主・日幡景親の許に派遣されている生粋の毛利の将である。

「おいおい、そんな男の、つまらぬ評判を言い触らすでないぞ。織田家の内部分裂を謀る下心やも知れぬ。そうでなくてもお屋形さまは、わしの戦いぶりに疑念を持たれておる。自分より部下のほうが敵に評判がいいと聞けば、なんと思うか。小一郎、考えて物を言え。それは筑前の手抜きだ、厳しさが足りぬからじゃ、と烈火の如くお怒りになるに違いない。この愚か者めが！」

内心では、たとえ世辞であっても、織田方の自分を信長と別の目で見てくれることを知って嬉しかった。しかし噂は怖い。だれが安土に告げ口するか判らない。ここは大声で叱って見せなくてはならないと思った。

若い小一郎には、そんな秀吉の心の綾が解らない。兄の評判を話して喜んで貰えると思っていたのが、案に相違した。

「一切このような話、安土に伝わることのなきように致しますれば、平にご容赦《ようしゃ》を……」と、あたふたと引き下がっていった。

本心から恐縮したのか、あるいは心外に思っているのか、肝心の報告半ばで引っ込んだまま、その後、秀吉の前に顔を出さない。

「しょうのない奴だ。どうも、小一郎は考え方が幼稚で困る」

秀吉は、そばに控える官兵衛にこぼしたものだ。

だが、官兵衛は大きく頭を横に振った。

「違うと申すのか、官兵衛」秀吉はむきになった。

「若いことは羨ましいということでござるよ」

官兵衛は、にこにこ笑っている。

「物を素直に聞き、駆け引きなしにそのままを、ずばり語ることができる。それは若者だけが持つ、若竹のような気性ゆえでござろう。拙者もそうでござった。若い頃は……」

老獪《ろうかい》な官兵衛にしては意外な……と思ったが、この際はそんなことは言ってられない。

「官兵衛がそういう甘いことを言うから、あいつが、いつまでも成長しないのだぞ」

文句を言いながらも、秀吉はすこし言い過ぎたと後悔した。

「いつまでもあいつを小一郎、小一郎と子供じみた名で呼んできたのもよくなかったかの。名は体を表すともいう。この際、弟の呼び名を長秀という正式の名で呼ぶことにしようと思うがどうじゃ。本人は丹羽殿と同じ名は好かぬといっているようだが……」

苗字の羽柴そのものが、織田家の先輩だった丹羽と柴田の各一字を採った合成の苗字。さらに名まで丹羽長秀と一緒では、かないませぬという弟の嫌がる理屈も解らぬではない。

「では、いっそのこと引っくり返して、秀長になされては如何に」

官兵衛は、将棋の駒でも引っくり返すようにあっさりと答えた。

「なるほど、そういう手もあるな。羽柴秀長か。いい名じゃ」

ひょんなことから羽柴秀長が誕生した。

翌夕刻。その日一日ずっと姿を見せなかった官兵衛が、ふらりと姿を現すと、がに股の足を引きずりながら言った。

「殿、すこしよろしゅうござるか……」

「何じゃ、改まって」

「先ほど小一郎様とご一緒に高松城に使者として行って参りました」

「なに高松城へ行ったのか！　二人してか？」

秀吉は呆《あき》れた。無警戒すぎる行動だった。

「はい。すこし早いとは存じましたが、小一郎殿が是非に、ご同道を、と申されるし、拙者も、この辺りで高松城の内部の様子を嗅《か》ぐのも悪くはあるまいと存じましてな」

官兵衛は屈託がない。

「それに拙者のように足の不自由な者なら、敵も危害を加えにくかろうと思いましてな……」

それもそうだ、と言う訳にもいかず、秀吉は苦笑して頷いた。

「まあ、無事でなによりだった。で、なにか成果があったか？」

「まずは小一郎殿の調略のお仕事。これは引き続き継続させて戴きたい。まだ効果は出てはおりませぬが、拙者の見るかぎり、一、二の支城で動揺が出ていることは事実。高松城も疑心暗鬼が不安を呼んでいるようで」

「そうか、すこしは効果がありそうか。では後で、改名の件と一緒に、小一郎に伝えて励ましておいてやろう」

秀吉は機嫌を直した。

「しかしながら、高松城は予想以上に難儀な城でございますな。なにか思いきった別の手だてを打たねばなりませぬぞ。外に出て、ご説明いたしましょうか」

秀吉は頷いて砦の外に出た。

改めて眼下の高松城を、二人並んで眺めた。

毛利の防衛線は、高松城を中心に南に加茂、日幡、庭瀬、松島、北西に冠山、宮路山の六つの城が輪のように展開している。

「ここから見る限り高松城は、なんの変哲もない平城《ひらじろ》に見えるが、どこが難儀じゃ、官兵衛」

「ご覧あれ、まずあれなる周囲の湿地帯。城の周辺は、池、沼、そして水田ばかり。城へは幅二間程度の一本道があるやに見受けられまするが、実際は小舟を横に何十隻と並べて、その上に板を渡しただけの舟道でござる。一朝事ある時は、道は舟ごと消えてしまいまする」

「ということは、城攻めは泥の中を進まねばならぬわけか」

「御意。そこで拙者、昨日、高松城からの帰り、駕籠《かご》の中から小石を投げて、密かに湿地の深さを測りましてな」

「ほう、さすが官兵衛、抜け目ないな」

「ところが、湿地の深さは城からの遠近で違いましたな。城に向かって初め浅く、次第に深くなり、城近辺からは軍兵《ぐんぴょう》の胸ぐらいまでござりましょうな」

「ほう、そんな工夫があるのか」

秀吉は感嘆した。

「されば大軍で強行攻撃すれば、行くほどに我が兵は湿地にはまりこみ、城からの攻撃の餌食になるだけで、被害は甚大になりましょう。それに……」

「それになんじゃ」

「最も難関は、やはり城主の清水宗治《しみずむねはる》でございますな。初めて会ったが、いやはや、聞きしに勝る腹の据わった人物でござった」

「感心ばかりしていては困るぞ」

秀吉は、宗治をほめる官兵衛に、やや鼻白んだ。

実は、清水宗治との戦いは——官兵衛は知らないが——秀吉にとっては二度目であった。最初は天正六年の上月城の攻防。この時、宗治は小早川隆景《こばやかわたかかげ》に従って上月城の包囲側に参戦。秀吉はその留守を突いて、備中の国人を煽動《せんどう》し、宗治の子を捕えて人質とし、高松城を一旦は奪うことに成功した。しかし、急を聞いて上月城から帰国した宗治に、あっさり城も人質も奪還されてしまったのである。

過去の戦績は一勝一敗。だが、城を奪還した宗治の手腕の鮮やかさには、秀吉は、敵ながら天晴れと兜《かぶと》を脱いだものだ。当時の高松城は、こんな難しい沼地設計ではなかった。

「で、そなた例のお屋形さまの誓紙《せいし》を見せたであろう。それであの男なんと言った。いつ頃、返事を寄越す気かの」

遠征中の信長に「是非に」と頼みこんで、わざわざ取り寄せた誓紙である。中に

〈織田方について西国征伐の先手となるならば、備中、備後の二国を与えるべし〉

と書いてある。今日、高松城に持参し、直接宗治に手渡したはずだ。

「いや、返事は拒否されたも同然でござる」

「まことか」

「これはご使者代表の小一郎殿から申し上げるのが筋でござるが」

官兵衛は、すこし躊躇《ちゅうちょ》した。

「構わぬ。小一郎には、わしがあとで断っておく。宗治の返事はどうだったのじゃ？」

「宗治はゆっくりと誓紙を読むと、こう申しました。信長さまの言葉を信じておれば、この備州は五つあっても、十あっても足りぬであろうなと。言い終わると、からからと笑いながら、蠟燭《ろうそく》の火で、あっという間に誓紙を灰にしてしまわれました」

「なに、そなたの目の前で燃したのか、あのお屋形さまの誓紙を」

書いてもらうのに、どれほど苦労したかわからない。それを……。

「可愛げのない奴めが」

と、秀吉は吐き捨てた。

「で、それだけか」

「それだけでござる」

「分かった。宗治に調略の見込みがないとなると、残る手段は、損害覚悟で攻撃をせねばならぬことになるな。第一、今のように、だらだらしていては全軍の士気に影響する。皆、腕をさすってばかりおるわ。すこしは戦わねば安土にも聞こえが悪いわい」

「まだ、安土にお気兼ねですか」

官兵衛はぶすっとした顔で答えた。自分の人質だった息子を殺せと命令した信長を、まだ憎んでいるようだった。

「安土に気兼ねするわけではないぞ。だが、一城ぐらいは攻め落とさねば、部下たちにも格好がつかぬではないか。一つ落とせば、あとはきっと震え上がって降伏するのではないか。官兵衛、我慢じゃ。多少の犠牲は、ここで覚悟しようではないか」


砦に戻ると、その足で秀吉は、小一郎の居る溜《た》まりに出向いた。

「話がある」

秀吉は、小一郎の部屋で二人だけで話し合った。

「昨日は、この兄者の言い過ぎじゃった。ああいう話は、どこの誰が耳をすまして聞いているかわからぬ。だから、そなたを叱って見せたのじゃ。悪く思うな」

小一郎の顔が、秀吉の言葉でぽっと赤らんだ。

「とんでもございませぬ、兄者。後で考えました。あんな言葉を真に受けた拙者が浅はかでございました」

「もうよい、そのことは。ということで、兄の詫び代わりにそなたに新しい名を与えることにした。羽柴秀長。どうじゃ、いい名じゃろう。これを機に、是非、大人の判断を身につけよ。もそっと大所高所から物を見るように努めよ。ということで、早速今夜、新しい名のひろめ祝いをしてやろう」

「有り難うございます。喜んでお受けします」

「ところで、今日の高松城での宗治との面談だが、委細は官兵衛から聞いた。本来そなたから報告すべきだ、と官兵衛はしきりにそなたのことを気にしていたが、わしが許した。それでいいな」

「はい。では、宗治が誓紙を燃やした事も」

「聞いた」

「備州が五つも十もなければ、という宗治の皮肉は？」

「それも聞いた」

「では、官兵衛殿も騙《だま》された口の一人であろうという宗治のへらず口はいかがで？」

「それは知らぬ。なんじゃそれは」

「やはり兄者に遠慮して、そこまで言われなかったのですな」

「申してみよ。宗治は官兵衛に、なにか余計なことを言ったのか」

「宗治は、誓紙を燃やしながら、官兵衛殿のほうを向いてこう申しました。『ところで黒田殿は、秀吉めが書いた、同じような騙しの誓紙はどうなされた。そこには織田方に味方すれば、播州一国を黒田殿に差し上げるとは書いてはござらなんだかな』、と」

「むむっ」と秀吉は、言葉に詰まった。

事実である。播州に秀吉がやって来た五年前、そんな信長の出鱈目《でたらめ》な誓紙を書いて官兵衛に渡してあった。とうの昔に反故《ほご》にしているつもりで、ほったらかしている。

（そこまで宗治は調べあげているのか）

と、秀吉は憮然とした。同時に、この過去が話題となったことを、おくびにも出さない官兵衛にも、なんとなく不自然さを覚えた。

「で、官兵衛は、その時、どう答えたのじゃ」

「顔を背《そむ》けて、終始、聞こえぬふりでございました」

「顔色はどうじゃった。赤くなったか、蒼かったか」

「まったく表情一つ変えることなく、聞き流されました」

「そうか」

立派とは思わない。むしろ怖い男よ、というのがこの時の秀吉の受けた印象だった。

今の官兵衛は、自城の姫路城まで秀吉に献上し、自分は宍粟《しそう》郡の山崎城という一山城を形だけ持つに過ぎない。それで文句一つ言わないのは、切支丹信仰の悟りのせいか、それとも心の深淵になにか隠し持っているものがあるのか……。

(半兵衛の無私とは違うな。あの男の本心が読めぬわ)

秀吉の心に、なにか、わだかまりが残った。

4

四月十七日、最初の攻撃先に選んだのが清水宗治の重臣林重真の守る冠山城である。

秀吉は珍しく損害を顧みずに猛攻をかけた。

これが加藤清正が一番乗りの殊勲をたてた城攻めとなった。腕を撫《ぶ》している血に飢えた若者が大勢いたのである。

結果的にはこの城は、城中から不慮の出火で陥落。重真は討死した。しかし冠山城の戦いを見た他の城は震え上がることはなかった。

総大将清水宗治の面前で降伏することを恥としたのである。

隣の宮路山城は比較的容易に落ちたが、五月に入っても加茂、庭瀬の両城は善戦し、最後まで屈しなかった。唯一、秀長の寝返りの説得に乗ったのは、やはり日幡城の上原元将であった。元将は毛利元就の女婿《じょせい》だが、秀吉に寝返り、羽柴の兵を城内に引き入れた。

しかし、怒った小早川隆景の反撃によって、後に元将は城を捨てて行方不明になっている。

支城六城のうち、強攻策で陥《おと》せたのはわずかに冠山、宮路山の二城。謀反に乗せられた日幡と合わせ三城。数字的には五割の戦果だが、その割にこちらの被害のほうが甚大だった。これまでの攻防で五百人以上を失っていた。

四月二十七日、試みに高松城に正面攻撃をかけてみた。

官兵衛の言う通りだった。何度攻撃してもドブ泥にはまった兵が城からの鉄炮の餌食になるだけだった。

たまりかねた秀吉は叫んだ。

「やめよ」

攻撃は一度で中止にした。これでは長篠《ながしの》の合戦の時の武田勝頼の二の舞になるばかりだった。

再び眼下の高松城を睨《にら》むしかない。

「そなたのいう通りじゃったな。官兵衛。正面攻撃はやめじゃ」

官兵衛は黙って頷いた。代わって空を指し示した。

「殿、ご覧下され。雨季でござる。大雨でござる」

どんよりとした曇り空は次第に雨足が強くなっていた。

「いやな季節になるの。益々ドブ泥の戦いを強いられるのかの」

「それをやめましょうぞ。殿」

官兵衛は腕組みしながら、秀吉の顔を覗《のぞ》き込んだ。

「やめる？　で、どうするのじゃ」

「眼下の景色を湖水に変えて、ゆっくり眺めるという新趣向はいかがでござろう。長浜の湖の眺めほど美しくはござるまいが」

秀吉は、なお眼下を睨み続けた。

が、やがて、はたと膝を叩いた。

「おもしろいぞ、官兵衛。そなたのいう通り、ここは水攻めかもしれぬ。わしは火攻め、兵糧攻めにはもう飽いた。鳥取城の兵糧攻めでは、多数の城兵を干乾しにして、筑前は鬼じゃ、人でなしじゃと言われたものだ。二度とあのような悪評を浴びたくない」

「拙者も同様でござる。鳥取の開城後、餓死寸前の城兵に食事を与えたため、暴食で頓死《とんし》させ、罪の上塗りをいたしました。生来の拙者の食い意地のせいで、薬師《くすし》の意見を聞かずに大量の食事を施したのが、かえって仇《あだ》となった。官兵衛の罪でござる」

官兵衛は「罪」という言葉を二度も使い、腕に手を当てて、十字を切った。

「よせ、思い出したくもない。それゆえ新しい戦法が欲しかったのじゃ。では、ここからは普請奉行・前野将右衛門の出番ぞ」

将右衛門に頼めば、どんな難しい普請（土木）でも嫌と言われたことはない。

秀吉に生気が蘇った。

《攻める城を水没させる》という奇想天外な発想が、こうして生まれた。日本はもとより唐天竺《からてんじく》にもない新戦術である。

だが、将右衛門は、「とんでもござらぬ」と言って言下に反対した。

二人とも水の怖さを知らな過ぎるというのである。

「水は表面が平らに見えても、地底はそうとは限りませぬ。どちらかが高く、どちらかが低いのが普通で、この高低差が大きすぎると、算勘以上に堤にかかる力差が生じ、堤の決壊の危険が増しまする。人力では計りがたいほど恐ろしゅうござる」

「では、どうしたらいい」

「拙者に地面の高低を計る時を、十分にお与え下されませ」

三日ほどかかって調べあげた末に、

「城の近辺は近寄れぬためわかりませぬが、この程度の傾斜なら、堤を頑丈にすれば、なんとか水量の片寄りに耐えることは可能でございましょう。ご命令なら城を沈める細工をしてご覧にいれましょう。あとは雨量次第。水嵩《みずかさ》が少なくては効果がない。さりとはいえ、たとえ均等に圧がかかったとしても、多すぎても危険でござるが……」

との将右衛門の結論が出た。

決意した秀吉は、五月初旬、将右衛門と共に自ら馬で高松城北西の足守《あしもり》川岸を、南東の蛙ヶ鼻まで駆け抜け、馬の足跡に杭を打たせることにした。東側は山腹が堤になるから川の水を流し込めば、ぐるりと城を囲んだ水堤の形になる。流し込んだ水嵩が増せば、城を水没させることが可能ではないか。問題は、城の内外の敵に堤を切られないことだが、これを防ぐには、三十間毎に監視用の櫓《やぐら》を構築させ、警備の者を一ヵ所二百人は配置せねばならない。後は時間との戦いである。幸い雨は降り続いている。

普請期間は十二日。昼夜連続の突貫工事となった。

秀吉はこの新作戦を、《事実先行》の形で途中まで進めた後で、信長に報告した。雨季との関係から了解をとっている暇がなかったこともあるが、本音を言えば、余計な差し出口を言われたくなかったのである。

高松城の守備兵は三千、対する秀吉の軍は二万。

事前に話せば、そんな小細工をせずに、なぜ正面から攻撃をかけぬのだ、と言われるにきまっていた。

しかし、それは《兵を消耗品》と考える信長の言い分である。

独立採算の軍団の長として、一兵の命をも惜しむ秀吉とは立場が違うのだが、信長には反論できない。だったら水攻めの事実を先行させるしかない。

「それに今ごろは、お屋形さまは三河殿の接待でおおわらわよ。なにしろ、ご自分が無体なことを言って妻子を殺させた男だからな。わしの報告など、まともに読む暇さえなかろう」

　秀吉は、信長を軽く考え過ぎていた。

　近隣の農民――延べ一万人――を、金に糸目を付けず動員した築堤作業は、予想以上の早さで進んだ。溜まっていく雨に、作業のほうが追いかけられる進行ぶりだった。

　五月の中旬頃から大雨となり、濁水は激流となって築堤内に降り注《そそ》ぎこんだ。あっという間に高松城は、湖上にぽっかり孤立して浮びあがったのである。

なにをするのかと、当初は傍観していた毛利軍は、慌てて兵を動かした。秀吉は《織田の援軍大挙到来》の噂を流すことで、これに対抗した。

　噂を真に受けて動揺した小早川隆景は、毛利《もうり》輝元《てるもと》、吉川元春《きっかわもとはる》の二人の来着を待つという消極策に転じた。隆景は兄の元春と共に「毛利の両川《りょうせん》」と謳《うた》われた軍略家だったが、実戦の経験が少ない。この時、秀吉の謀略の前に千載一遇の好機を逸したのである。

　だが、秀吉にも誤算があった。

将右衛門の築堤は予想以上の大雨で水嵩が増し、危険水域をはるかに超えてしまった。急いで築堤の補強工事にかかった。その分だけ堤の防衛が手薄になった。

この進行中に（織田の援軍は根も葉も無い噂）と気づいた毛利方が、再び高松城の西に戻ったのである。元春が岩崎山に、隆景が日差山に陣を張るのを見て、秀吉は驚愕《きょうがく》した。

堤は一カ所でも敵に切り崩されれば終わり。かえって、囲む羽柴方の被害が甚大となる。

秀吉は苦渋の決断を迫られた。

信長への援軍要請である。

主君信長が家康の接待の最中であり、「無粋な奴よ」といわれるのは重々分かっていた。

「毛利征伐は大船に乗った気で、すべて拙者にお任せあれ」

と、中国探題に命じられた時、大言壮語してきた秀吉である。

援軍要請は、口が裂けても言えない立場だった。

が、現場の将右衛門の意見は深刻だった。築堤の昼夜の監視態勢には、守備兵の絶対数が足りない。この際は面子《メンツ》を捨てなければならない。

秀吉からの援軍要請の早馬が安土に向かったのは五月十六日である。

この頃の安土の動きは――、
十五日。家康、武田の武将から徳川方に寝返った穴山梅雪《あなやまばいせつ》を同道して番場（現・米原市番場）を立ち、安土に到着。

十五日から十七日までの三日間、安土城内の接待。

接待役は日向守光秀である。

十九日。安土城下の摠見寺《そうけんじ》で幸若《こうわか》八郎九郎大夫の舞見物。

二十日。丹波申楽の梅若大夫の能見物。

二十日夜。高雲寺御殿で、最後の接待。

この夜の接待役も引き続き光秀である。

余談だが、光秀は今回の接待のために、十四日、正式に「在荘《ざいそう》」を命じられている。在荘とは軍事から一切解放する発令だが、退役武将という意味ではなく、信長としては、以後、光秀を、もっと高次の行政面で使いたかったのであろう。接待役を命じるに当たっても、

「三河殿の接待は心を入れよ。大事な合戦と同じと心得よ」

と、わざわざ注釈まで付けた。発令に説明をつけない信長が、それほどの気配りを光秀にしたのである。

ところが、安土城内最後の家康招宴である十七日夕刻、思いがけない秀吉の援軍要請の手紙が届いた。

〈……要は頭数さえ揃えばよろしいのです。武器など一切持ってきて戴く必要はありませぬ。《天下様》の大軍と見れば毛利は決して向かってまいりませぬ……〉

日頃は大言壮語してはばからぬ秀吉の、思いがけぬ哀れっぽい、せっぱ詰まった調子に、信長は呆然《ぼうぜん》となった。子どもの頃から清洲（注・当時海抜ゼロメートル地帯）の水の恐怖を知りすぎていたことも、この時の判断に微妙に影響していただろう。

（愚か者めが詰まらぬ小手先の細工をするからじゃ）

という怒りと、

（やむを得ぬ。近隣に兵を置く光秀に駆けつけさせるしかないか）

という温情の狭間で苦しんだ末、信長は接待役の光秀を呼んだ……。

以下は派遣していた忍びから入った、この時の二人の状況報告である。

「信長さまは、わざわざ厨房《ちゅうぼう》にお出ましになって、急ぎ接待役の日向殿を招かれ、長い間、立ち話をされました。やがて、蒼ざめた顔の日向殿が、突然、脱兎《だっと》のごとくに飛び出していかれました」

じっと報告に聞き入った秀吉の顔がぱっと明るくなった。

「有り難や、有り難や、お屋形さまは日向に援軍命令をされたに違いない。日向の顔が蒼くなろうと赤くなろうと、どうでもいいわい。明智軍が援軍に選ばれたのなら、兵力の半ばは丹波亀山じゃ。ここからは目と鼻の先よ。これで助かったぞ」

喜んだ秀吉は、すぐさま、

明智軍来援、総勢二万

続いてお屋形さま本陣援軍総勢五万

と、勝手に数字を膨らませて全軍を安心させた。当然この数字は毛利方に伝わることを頭に入れていた。

5

五月十八日、明智光秀は、正式に徳川家康の接待役を途中で解かれ、秀吉の高松城攻めの援軍を申し渡された。在荘を命じられてから、わずか四日後のことである。

この慌ただしさに、周辺では一時信長と光秀との間の個人的感情の軋轢《あつれき》などの妙な噂が流れたが、もちろんただの憶測に過ぎない。

同日、元明智軍団に属していた長岡与一郎（細川忠興）・池田勝三郎《しょうざぶろう》（恒興）・塩川吉大夫・高山右近・中川瀬兵衛（清秀）に対しても西国出兵命令が出ているように、この一連の発令は、家康の接待終了と同時に行う予定の人事発令であった。ただ、秀吉の緊急の援軍要請にこたえるために、高松に一番近い丹波亀山城を主管とする光秀を、暫定《ざんてい》的に現役復帰させたことだけが予定外であった。

信長が、秀吉の高松城の水攻めを如何に危険に思ったかは、この人事発令の直後、堀久太郎（秀政）を使者に立てて高松に派遣したことからも窺える。さぞ叱責まじりに、水攻めのこまごました指示まで与えたことであろう。毎年のように水害と戦ってきた信長には、濁水を利用して敵城をそっくり水没させるという戦略は奇想天外、危なっかしくて見ていられなかったのである。

しかも自分の許可もなく……である。

一方の秀吉は（この築堤作業の忙しい時に使者まで寄越すとは）と、内心煩《わずら》わしかったろう。だが、表面は、感激ひとしおの面持ちで秀政の伝える信長の叱責と指示に服した。もっとも秀政には、

「ご覧下され」

と言って、遠く竜王山砦上から水没作戦中の高松城を望見させただけで、「危険」を理由に築堤現場までの案内をしなかった。

現場に近づけば、作業の危険性と疲労困憊《こんぱい》した部下の実態が露見する。それでは秀政にどんな悪意を含んだ報告をされるか解らない。

実際、築堤作業とその守備隊は、泥沼地獄の最中にあった。

築堤作業は、その後の豪雨で、さらに大補強工事を強いられた。

堤の長さ、公称二里三町、高さ三間は過大表示としても、集中豪雨による土嚢《どのう》の軟弱化と緩みの危険を避けるためには、敷（幅）を十二間に広げざるをえなくなった。

延べ作業員は、当初予定の三倍を軽く超えて三万人に達した。

当然出費は激増した。が、秀吉が金蔵・生野銀山からくすねる収入から見れば、それも微々たるものに過ぎない。

困難を極めたのは見張り役の調達である。秀吉が姫路から引率した兵力は一万七千。これに対して、築堤の周囲五十間毎に見張り砦を設け、一ヵ所百人の守備兵を置いたため、それだけで八千六百人、昼夜の交替要員でその倍を超える一万九千人が必要になった。やむなく、近江長浜城に六千人の追加を求めたが、その半分の三千人しか集められなかった。

戦闘態勢の余力はほとんどない。対する敵軍は、毛利本隊だけでなく、備中七城のうちまだ高松城を除いて三城が健在であった。総勢三万の大軍と推測された。昼は毛利本隊の動きに、そして夜は残る三城の夜襲にも備えねばならず、秀吉軍は、昼夜兼行《けんこう》の厳しい緊張を強いられた。

兵は疲れ切った。

やむを得ず、秀吉は謀略で、懸命に時間稼ぎをした。

とうとう最後は、信長の秀吉宛ての朱印状まで偽造した。書面には〈柴田と滝川の北陸、信濃の軍を除く全軍五万を引き連れて即刻安土を立つ〉と大ぼらを書いた。この偽の密書を持たせた使者を、織田の木瓜《もっこう》紋を掲げた早馬にして仕立て、わざと毛利軍に捕まるように仕向けた。さらに諸国を巡る偽の河原者、遊行僧《ゆぎょう》を使って《織田軍大移動中》の偽の噂を満遍なく中国筋に流し続けた。

秀吉と官兵衛は、ここ大一番と、恥も外聞もなく、持てる二人の知恵を最大限に駆使したのである。

若い小早川隆景は再び騙された。

だが、それもあくまで時間稼ぎでしかないことを秀吉はよく知っていた。遅かれ早かれ自分の嘘はばれる。敵ばかりでなく味方にもばれる。味方の失望の方が恐ろしかった。

それでも秀吉は、心の不安をおくびにも出さず、毎日のように馬で築堤補強工事の督励に出掛けては「お屋形さまの大軍の到着は近いぞ。それまでの辛抱じゃ。ここを耐えれば褒美は取り放題じゃ」と、虚言を撒《ま》き続けた。だが砦に戻ると、ずぶ濡れの褌《ふんどし》姿のまま、どっかりと座り込み、真っ先に官兵衛を呼んで訊ねた。

「日向のその後の動きはどうじゃ」と。

二十四日。

「ようやく明智様は近江坂本城を出陣されましてござる」

官兵衛は神妙な顔で答えた。自分の提案から羽柴軍が窮地に追い込まれていることに、少なからず官兵衛は責任を感じていた。

顔色まで冴えなかった。

「兵数は如何に？」

「およそ六千との報告でござる」

「少ないな」

秀吉は言下に不満を漏らした。が、丹波亀山の四千の兵力と二分している光秀としては、これは決しておかしな数字ではない。十七日まで《在荘》という名の退役武将に似た立場にいたことを考えれば、七日間で出陣まで漕ぎ着けたことは、それなりに評価してやるべきだろう。

しかし、待つ身の秀吉にとっては、なにもかもが不満だった。

「なぜ遅い、明智の動きは。高松への出発命令は、即日十七日の夕刻には出た。本気でわしを援軍する気があるのなら、亀山城の兵力だけでも先に回してくれたら助かるのだがな……」

官兵衛は頷いたが、言葉は発しなかった。総大将を差し置いて分城の方から先に来いといっても無茶である。第一、そこまで肩入れするほど、日頃の光秀は秀吉と親しくない。

（そんなことはとっくにお分かりのくせに）

官兵衛の顔は無言でそう訴えた。

その後の報告によって、近江の明智軍の亀山城到着予定は二十六日と判明した。

ところが、肝心の亀山城の方は、光秀の来るのを待つだけで、秀吉の期待したような先発の動きはおろか、人馬の動きが、全く認められなかった。

二十五日夕刻、官兵衛は、憔悴《しょうすい》しきった様子で秀吉の許に報告にやってきた。

「殿、どうも明智の側近たちは鳩首《きゅうしゅ》会談ばかりしていて、少しも動こうとしませぬな」

「援軍に来るのが、それほど不本意なのか。なにも命がけの戦いをせよと頼んではおらぬ。ただ旗指物《はたさしもの》だけ築堤の周りに、どんとなびかせてくれれば、それでよいのじゃがな」

秀吉は憮然となった。

「それすらもしたくないのでござりましょうな」

「したくない張本人は誰なのじゃ」

「どうやら斎藤利三《さいとうとしみつ》あたりらしゅうございますな」

「利三か、そうかな。奴は苦労人じゃ。軽はずみにお屋形さまへの反抗などしないはずだがな」

斎藤利三。明智光秀の家老。確かに、仕える主人を斎藤義竜《よしたつ》、稲葉一鉄、織田信長と転々としてきた点では苦労人であった。

「だが待てよ。利三の妹は四国の太守長宗我部《ちょうそかべ》元親《もとちか》の妻じゃったな」

「御意」

「ということは、女房の線から反織田に回る可能性もあるわけか」

「拙者も、そう考えます」

信長は、長い間、四国の長宗我部と友好関係にあった。元親の嫡男弥三郎信親は、天正三年、元服するに当たって、信長に烏帽子《えぼし》親《おや》を願い出て叶《かな》えられている。信親の「信」は信長から与えられたものである。この友好関係から、信長は、天正初期には、元親に四国全土の切り取りを暗黙の内に認めていた。

ところが天下が自分の手中に入りかけると、信長は、生来の吝嗇《りんしょく》が頭をもたげた。四国全土は元親にもったいないと言い出したのである。

――元親には土佐一国と阿波の一部だけで十分だろう。後は俺によこせ――と命じた。それも愚息三七信孝《のぶたか》のためと解ったから、元親が烈火のごとく怒ったのは、当然と言えば当然だった。

——四国は自分が独力で切り取ったものである。約束が違う。献上しろとは何事か——

この元親の反抗を待ってたとばかりに、信長は三七信孝に丹羽長秀を副大将につけて四国遠征を決意した。

今はその発令が出たばかりである。

「聞くところでは、利三は今にも明智軍を飛び出して、四国に渡り反信長の軍に身を投じたいらしゅうございまするぞ」

「むむ」

非が信長にある以上、秀吉は黙らざるを得ない。

「それにもう一人」と官兵衛。

「まだいるのか」

さすがの秀吉も、苦笑いせざるを得ない。

「明智左馬助がおりまする」

「明智左馬助。ああ、あの光秀の出戻り娘を貰った男じゃな」

この時の秀吉は左馬助についてその程度の知識しかなかった。

光秀の娘は倫。信長の命令で、荒木村重の嫡子村次《むらつぐ》の許に嫁したが、義父村重の謀反の際に実家に戻され、幼なじみの三宅弥平次の妻となった。これに伴って弥平次は、正式に明智一族に加わり、明智左馬助を名乗ることになったのである。

「御意。ところでこの左馬助は、なかなか由緒ある家の出身でござりましてな」

「ほう、そうか」

秀吉は「由緒ある出身」に弱い。思わず身を乗り出した。

「その生まれが、拙者の故郷に近いのでよく存じておりますが、備前児島の国人三宅氏の出身で、その始祖は、かの有名な南朝の忠臣、児島高徳《こじまたかのり》とのことでござる」

「あの太平記で有名な……か？」

太平記は、秀吉も読み囓《かじ》っていた。後醍醐天皇が北条高時に追われて隠岐《おき》に落ちる時、高徳一人が天皇の後を追い、桜樹の幹をそいで古詩を書き記して天皇をお慰め申し上げた美談を、天皇好きの秀吉は、ぽろぽろ涙を流しながら読んだ記憶がある。

「その子孫だそうで。幼少の頃から児島では神童と呼ばれておりましたな」

「となると日向の部下は、反信長さま勢力ばかりではないか」

秀吉は憮然として腕組みした。

さらに二十七日の報告に、秀吉は啞然《あぜん》とした。

「なんだと？　今日は、亀山城から愛宕山《あたご》に逆行し、一夜そこでご参籠《さんろう》だと……なんのためじゃ？　戦勝祈願か。この緊急の時に、なにを愚にもつかぬことを……」

どうにも生ぬるい。やりきれない気がした。

「二十八日は、さらに愛宕山西の坊で連歌会とのことで」

「呆れたものだな。お屋形さまに再度督促の手紙を出し、光秀を叱ってもらおうではないか」

秀吉は、かりかりして右筆《ゆうひつ》を呼ぼうとした。

「お待ちくだされ」

ここで官兵衛が、膝を引きずりながら進み出た。

「殿、光秀殿の動き、すこしおかしくはござらぬか」

官兵衛はぎょろりとした目でこう囁《ささや》いた。

「なにがじゃ」

「お聞きくだされ。だが、殿、お人払いを願わしゅうござる」

なにやら重大な思案がありそうであった。

秀吉の部屋で二人きりとなると、鼻を突き合わさんばかりに顔を寄せて、官兵衛はさらに声を落とした。

「話は前後しますが、ご勘弁下され。まず、光秀殿は、十七日に三河殿のご接待役を解かれた後、すこぶる意気消沈のご様子で坂本にお帰りになったとのことが判明いたしました」

「意気消沈？　そんな厨房仕事から解放されれば、喜びそうなものじゃが、そうでもないのか」

秀吉は、笑おうとしたが笑えなかった。

「あのお方は違いますな。《有職故実《ゆうそくこじつ》》の知識を誇りとされるお方でござる。我々とは違ったところに生きがいをお持ちなのでござりましょうな」

「わしは解らぬ。解ろうとも思わぬわ」

秀吉は本気で怒り始めた。

「その後、坂本で出陣の支度に入りましたが、小六殿の報告によれば、その間、しきりに、ある神官との間で書簡の往復が始まったご様子とか」

「誰に手紙を書いているのじゃ」

「いや、日向殿が書いたのではなく、最初は相手から書簡が届いたようでござるな」

「それは誰じゃ」

「吉田神社の吉田兼和《かねかず》（後の兼見《かねみ》）様で。しかし、兼和様は、どうやらただの走り使いではないかと、小六殿は睨《にら》んでおりまする。というのは、兼和様は、日向殿から書簡を受け取ると、そのまま次に駆け込む屋敷があるためでございます」

「聞き捨てならぬ話じゃな。誰の屋敷じゃ？　まさか前久……」

「ご推察の通り。近衛前久様でございます」

「やはりそうか。信濃遠征でとんだ恥をかいて泣いて帰ったが、やはり、あ奴、裏で動いたか。で、二人はすでに会ったか」

「それがどうも、これからのようでございますな」

「どこで会うのじゃろうな？」

当時、信長は、部下が公家と付き合うのを禁じ、京の所司代を使って厳しく見張っていた。狭い京で、大物二人が会うのは目立ち過ぎるはずだ。

「まだ判りませぬが、小六殿が引き続き追っておりますれば、しばらくお待ちを」

「光秀の方の監視もぬかるなよ。さすれば、両者の接点が浮かび上がってこよう。そうだ、二十八日の連歌会にも探りを入れよ。連衆《れんじゅ》（参加者）の名を調べよ。その中に里村紹巴《さとむらじょうは》がいるはずじゃ。あれは光秀と昵懇《じっこん》じゃからな。居るようなら即刻手を回して、歌会の報告を随時求めるのじゃ。この際じゃ、紹巴に金銀の付け届けを惜しむな。どんとぶつけよ。よいな」

「心得ました。早速にそう致しまする」

里村紹巴。大永《たいえい》七年（一五二七）生まれというから、この時、五十六歳。南都興福寺明王院の喝食《かっしき》（稚児）育ちで、のち連歌を里村昌休《しょうきゅう》に学んだのがきっかけとなり連歌師として大成した。連歌好きの光秀とは長い付き合いがある。そしてまた、新参の弟子、秀吉の連歌の師匠でもあった。もっとも当時の連歌師は、藤孝以上に金でどちらにでもなびく《権力の遊泳者》でもあったから、諜報の入手に極めて便利な存在だった。

早速に小六を通じて連絡がつき、秀吉から大金が届けられたことは言うまでもない。


「それはそうと……」と、秀吉は、最後にため息まじりに言った。

「日向の援軍が、このように、もたつくとなると、こちらにも、どうやらもう一工夫いるようだな。官兵衛」

「なにかいいお考えがございましょうか」

さすがの官兵衛も万策尽きたのか、秀吉の顔を、恐る恐る見つめるだけであった。

「うーむ」

秀吉はうなった。

長い黙考が続く。

正直のところ、秀吉は迷っていた。

当面の築堤の危機を避けるには、明智の援軍が不可欠である。

だが、光秀が来たら来たで、高松攻めの指揮が二頭立てとなって方針が乱れる。

まして光秀は水攻めに反対だというではないか。

（それに……）もっと重大なことがある。明智軍と光秀がいては、信長父子を備中戦線に誘導して、毛利方に謀殺させよ、という半兵衛の遺言の実行が難しくなる。下手に動けば光秀に、自分の動きを感づかれるのでは……。そうなったら最悪だ。

どう対処するか。

最後に秀吉は、ふっ切った。

「官兵衛！」

「はい」

「やむを得ぬ。わしが安国寺《あんこくじ》に会うとしようぞ」

「えっ、あの坊主に！」

官兵衛は呆れたように叫んだ。

「そうじゃ。癖の多い生臭坊主だ。それを知ってのうえのことよ」

光秀の来るのが遅れている今こそ天の時。ここで一挙に毛利方の降伏を求めるか、最悪でも、半兵衛の遺言をだしにして、信長謀殺の手筈《てはず》の下打ち合わせをしておくかだ。

秀吉は腹を括《くく》った。

「いや、昔々の付き合いじゃ。今は相手も忘れておるやも知れぬ。しかし、あの男、昔から信長さまは、いずれ《転ぶ》、天下は取れぬとうそぶいていた。だが、今、反対に毛利が滅び、信長さまの天下が目前じゃ。一度その話を肴《さかな》に、あの坊主の、はずれた予言をからかってみたい。さすればそこに、高松城攻めの解決の《もしやの道》も開かれようぞ」

「なんといってお声をかけさせましょう」

官兵衛らしくもない弱々しい声だった。

「なんとでもいえ。おう、そうじゃ。久しぶりに『御坊と天井を向いて話がしたい』と伝えよ。そういえば、あの男にだけはわかる。思い出すはずじゃ、わしとの昔語りを……」

　織田と毛利の蜜月が切れて、敵対関係になってからも、秀吉は恵瓊《えけい》とだけは付き合いを続けた。相互の意見や利害に衝突のある話の時は、面と向かうのをやめて、お互いに寝転がって天井に向けて勝手に喋ることにした。この約束は覚えているはずだ。

「で、場所はどちらに」

「それも恵瓊殿に一切任せるといえ。どこへなとわしは出向く。たとえ安芸の厳島《いつくしま》神社でも、身の安全を保障してくれるなら喜んでお供つかまつると言え」

　秀吉は、ここ一番の見栄を張った。

　しかし、さすがに最後は、喉が嗄《か》れて声にならない。無言のうちに天井を見つめて、心の中で叫んだ。

（半兵衛！　見ていてくれ。わしはそなたの遺言に、今こそ己《おの》が武将の命をかけるぞ）

第五章　本能寺の変

1

安国寺恵瓊《あんこくじえけい》は毛利陣営の福山城に居た。

毛利軍の《和戦両様の構え》に即応するため、四月中旬、京の東福寺から、密《ひそ》かに呼び戻されたばかりであった。そこに秀吉からの密使が飛び込む形となった。

〈筑前殿に、かく伝えよ。二人だけの、さしの会談なれば拙僧は喜んでお会い申すとな。場所はすべてそちら任せで異存ござらぬ。備中、備後の瀬戸内筋の寺社などから、ご随意に選ばれては如何《いかが》か〉

そんな恵瓊の伝言が即日、返ってきた。

秀吉にとって幸運だったのは、会談の申し入れ最中に再び豪雨が襲ったことである。毛利援軍の進行が途中の洪水などでままならぬ間に、足守川《あしもり》をせき止める貯水の水嵩《みずかさ》のほうが先に上昇し、城の浸水が時間の問題となった。ドブ泥溝に守られた防御が仇《あだ》となって、城兵は一人として泳ぎ出ることも不可能。このままでは全員が泥死を待つばかりであった。

会談の攻守は逆転した。

「これなら恵瓊坊主からの和議の申し出となろうな」

竜王山の本陣から高松城に注ぐ激流を見下ろしながら、自信を取り戻した秀吉は、官兵衛に向かって呟いた。

会談は五月二十五日、場所は岡山西部にある吉備津《きびつ》神社と決めた。時刻は人目を避け、築堤を二人で視察できる夜明けの丑《うし》の下刻（午前四時）。

吉備津神社は応永年間に建てられた神社で、正面七間、側面八間という神社建築としては巨大なもので、本殿から本宮にいたる長い回廊の間に《釜鳴神事《かまなりしんじ》》で有名な御釜殿がある。

秀吉は、万一を思って厳重な警戒態勢で出掛けた。ところが、従者の報告によれば、恵瓊は、普化宗《ふけ》の深い編み笠を被った黒い虚無僧《こむそう》姿で、手に長い数珠《じゅず》を持つだけ。一人の供もつれていない様子だという。

（さすが、豪気な坊主よ）と、秀吉は感嘆した。

「よし、相手がその気なら、わしもここから丸腰で一人で参る」

不安がる家臣を退けると、秀吉は二百間といわれる回廊を、中庭の神灯だけを頼りに、飛ぶようにして進んだ。

御釜殿に折れる回廊で、御釜殿の真ん前で待つ深編笠の男を見た。

「おうおう、お懐かしや恵瓊殿！」

開口一番、両手を拡げて抱きつくような仕草で叫ぶ。

「御坊と一日も早く会え、とは竹中半兵衛が遺言じゃったが、一向にその機会がなかったのが残念でござった。今、ようやくここで会えるのも亡き半兵衛が引き合わせよ。有り難や半兵衛！」

天を仰ぎ、着ている小袖の筒先で大袈裟に目を拭《ぬぐ》った。

恵瓊も演技では負けない。

「さても竹中殿は、まっこと惜しい日本一の軍師でござったな。筑前殿も、さぞお力落としでござったろう。亡くなられてはや三年でござるな。その後、竹中殿の墓に詣でる機会のないのが口惜《くや》しゅうてなりませぬわい……」

深編笠を取り、かち割れ頭といわれた大頭を深々と下げると、長い数珠を持つ手を合わせ、しばし目をつぶった。

「御坊！　半兵衛の墓なら、いつなんなりとも拙者同道にて、ご案内申すぞ。半兵衛も草葉の陰で喜びましょうでな」

「それは有り難い。この愚かな戦の済み次第、すぐにでもご案内くだされや」

「しかと承知。ということで、まずは、さしで半兵衛の供養のために般若湯《はんにゃとう》など一《いっ》献《こん》いかがか」

「ささでござるか、はて、いずれに？」

恵瓊はけげんな顔で、手ぶらな秀吉を見下ろした。

「あははは、実は昨夜、拙者、この御釜殿の湯釜の中に、ささを隠しておきましたでな。さあ、御釜殿の中に入りましょうぞ」

恵瓊は度肝を抜かれた顔で釜を見上げた。

「ここ？……でござるか」

「さよう。しばし待たれよ」

秀吉は身軽に御釜殿の中央にしつらえた神事の釜の蓋《ふた》をそっとずらした。そこに太い孟宗竹《もうそうちく》の筒が並べてある。

二つの竹の椀も添えてあった。

「ここの地酒の吉備酒じゃ。冷えた鉄釜の中に一晩ねかせてあったので、ほどよく冷えておりましょうな。まず拙者が毒味致す。後は手酌で、とくと過ごそうではないか。起きぬけのささは腹にしみて旨いぞ」

にっこり笑って竹筒の酒を椀に注ぎ、ぐっと一息にあけて見せた。「うーむ」恵瓊はうなった。

竹筒の酒を真ん中にして、床几《しょうぎ》を二つ並べ、二人の会談は、緒戦は、酒で先制攻撃を仕掛けた秀吉の勝ちだった。

気をよくした秀吉は、いきなり全面降伏を求めた。もはや高松城は水没寸前。いっそこれを機会に織田と和睦《わぼく》されよ。悪いようには取り計らわぬ。和睦の条件を……と何度も繰り返した。

だが恵瓊は、「ふん、ふん」と秀吉の言葉を鼻先であしらいながら、ぬらりくらりと返事ははぐらかし続けた。最後に、

「拙者は、そのような些細な条件の話を詰めるために、ここに来たのではござらぬ」と高飛車に出た。

「話したいのは、今後の信長の西国領に対する経綸《けいりん》、経略《けいりやく》について、先導役の筑前

殿のご見解を質《ただ》したかっただけでござる」と言った。

「けいりん、けいりゃくと申されると？……」

秀吉は小首をかしげ、「はかりごとのことでござるか」と質した。

「いや、紛《まぎ》らわしい言葉を使った拙僧が悪かった。ただのはかりごとではござらぬ」

にっこり笑うと、恵瓊は懐から筆と矢立《やたて》を出して、さらさらと「経綸」「経略」「計略」と三つならべて、各々に仮名をふって、窓明かりにすかせて、秀吉に示した。

「経綸とは、国を治める基本方策。経略とは、平たくいえば、今後の西国領、いや、この日本という国六十余州を征服された後の経営・統治の形態をどのようにされるおつもりか、ということじゃ」

秀吉は返事に詰まった。そんな難しい話は信長としたことがなかった。ただ、言われるまま闇雲《やみくも》に毛利領の制圧と略奪を命じられ、やってきただけである。

「さて、弱ったな。そげな難しい話は知らぬ。が、毛利では、その経綸だの経略の話まで家中で話し合うのか」と、聞いた。

繕《つくろ》っても仕方がない。また繕うような他人行儀な相手でもなかった。恵瓊が京の東福寺の西堂（長老）になる前は、会う度に誘い出して、一緒に柳馬場《やなぎのばんば》の遊女町に遊びに出掛けるような間柄だった。

「武将なら己の経綸を部下に披瀝するは当然の務めでござる」

恵瓊は、傲然《ごうぜん》と胸を張った。そんな基本すら信長は明示していないのか、と言いたげな口調であった。

「ほーう、では、反対に毛利の東国を含む、この国に対する経略を先に聞きたい。それを聞いた上で、拙者、勘考《かんこう》いたそう」

後ならなんとでも言い繕える、と思った。

「では、先に申し上げよう。結論から言えば一言で終わる。『毛利は平和を保てるだけの安定した領土を得た後は、天下を競望《けいぼう》せず』つまり、競《きそ》って、それ以上の大を望まない、望んではならない、というのが先々代元就公の残された家訓でござる。今も毛利宗家と両川《りょうせん》家はこれを堅く順守しておる」

ゆっくり噛《か》んで含めるような口調である。

「耳が痛いな」といって、秀吉はわざとらしく両耳をふさいだ。

三十代の昔、信長に心酔していた頃なら「つまらぬ家訓よ」と一笑に付したかも知れない。が、四十歳を過ぎた今は、信長のような《ごり押しの征服》に疑問を感じるようになっている。天下を狙《ねら》う競争相手でないなら、そっと生かしておいてもいい。なにも虫けらのように押し潰《つぶ》す必要はないではないか。そのあたりの感覚に、信長の思想と微妙なズレがある。

「耳に痛ければ、拙僧は、筑前殿との、かねてのお約束に従い天井を向いて勝手にしゃべるゆえ、お聞き流し下されや」と、恵瓊は不敵な笑いを見せた。

「では、よろしいな」恵瓊は、頭を上げて天井を向いた。

外は依然として豪雨が続いていた。強い湿気を含んだ生あたたかい風が、小袖の首筋や胸から身体全体に、からみつくように流れ込んできて気持ちが悪い。秀吉は早く議論を終わらせたかった。

「よかろう」と、秀吉も顔を天井に向けた。

「信長という男はの……」

ぐいと身を翻《ひるがえ》した恵瓊は、腹の底から絞るような声で語り始めた。

「人が恥辱と引き換えに和平を望んでも、恥辱だけ与えて平然としている男よ。最後には根こそぎ奪うだけじゃ。伊勢の三名族の、悲惨な末路をご覧あれ。北畠氏は信長の次男信雄《のぶかつ》に、長野氏は弟信包《のぶかね》に、そして神戸《かんべ》氏は三男信孝のものになってしまったではないか。そういうお方じゃ、信長という男は……信長にとって、和平とはな、筑前殿、《織田の和平、織田のための和平、そして織田による和平》、ただそれだけに過ぎぬ」

　立て板に水のように雄弁だった。

「だが、俊敏な筑前殿のこと。では毛利はどうだったと、拙僧に訊《き》かれるに違いない。な、筑前殿」

　念を押す形で秀吉の発言を封じると、

「解る、解る、拙僧は手に取るように解るわい。筑前殿は、こうお考えじゃ。石見《いわみ》、出雲に接する吉川《きっかわ》、瀬戸内に面する小早川の両家に、元就《もとなり》が、その子元春と隆景を押し込んだのはどうなのだ。信長の伊勢三族へ次男以下を押し付けたのと全く同じではないか。織田だけを批判するのはお門違いとの考えじゃ」と、独り合点する。

　議論は、自分と違うことを言われれば、「黙らっしゃい」で話の主導権を奪える。だが、自分の考えを、こうまで先にしゃべられては話がしにくい。

　秀吉は苦笑いして聞くほかなかった。

「確かに、毛利は吉川、小早川両家を奪い、その嫡流《ちゃくりゅう》と、その妻子、郎党、乳母、家従のことごとくを排除してきた。その血の粛清と清算の悪業は、信長の所業とそっくり同じよ。いや、《詭道《きどう》》を使った点では信長以上の悪者かも知れぬわい」

恵瓊は平然と主家の悪口を言った。

小早川家の場合は、当主小早川繁平《しげひら》が盲目だったのを幸い仏門に追いやり、三男隆景を押し込んで乗っ取った。

次男元春を押し込んだ吉川家の場合は、さらに陰険だった。

吉川は元々が元就の妻の実家であった。その四十歳の当主興経《おきつね》に隠居料を与えるという約束で元春を養子に送り込み、いざ興経が隠居すると、今度は約束を破って妻子眷属《けんぞく》のすべてを惨殺したのである。

「それだけ解っていて、御坊、なぜ信長さまだけを批判するのじゃ」

秀吉は、ここでやっと口を挟んだ。

「それは小領主の悲哀を、いやというほど嘗《な》められた元就公の自己保存の本能でござる。わかってやって下され、その辛さを。それに元就公は、かかる詭道の報いは十分に受けられた」

「というと？」

「実家を夫・元就に乗っ取られた元就公の奥方は、間もなく悲嘆のあまり病に倒れて亡くなられた。やがて毛利宗家を継いだ隆元《たかもと》様まで何者かに毒殺されるという非運に見舞われた。もちろん吉川家の旧家臣の仕業じゃろう。これが元就公に己の

《欲望の怖さと限界》を悟らせたのじゃな。それゆえ毛利家の悪業は同じ悪業でも、己の平和を得るための範囲、せいぜいが西国十カ国に止まるものとなった。信長のように《隴《ろう》を得て蜀《しょく》を望む》ものではない。ここが肝心なところじゃ」

「それは将としての器の違いではござらぬかな」

秀吉はちょっぴり皮肉ってみた。

「なんの、信長のこれまでの成功はただの僥倖《ぎょうこう》よ。武将の器《うつわ》なら武田信玄、上杉謙信の方が信長よりはるかに大きいわい」

「わかった」

秀吉はあっさり折れた。自分も内心そう思っている以上、信長を擁護する理由は見当たらなかった。

「いや、いや、これでは話は終わらぬぞ。肝心なことが抜けているわい」

恵瓊は、からからと腹の底から笑った。

「何じゃ。和睦の条件の話などせぬと、御坊、最初に言ったぞ」

「和議条件などではない。ここからは、筑前殿の問題じゃ」

「なに？　拙者のことだと」

秀吉はぎくりとした。竹中半兵衛の最後の遺言も同じだったことを思い出したのである。

「さよう。この信長めの悪業の中で、お覚えよろしくご出世されたは、わずかに犬馬の労を惜しまなかった筑前殿と明智日向守殿のお二人に過ぎぬ。だが、そのお二人とて、毛利征服の暁にはどうなろうか。筑前、日向の官職名の通りに、羽柴殿は九州は筑前に、日向殿は日向にまで行かされて、やれ、大村退治よ島津征伐よ、とせきたてられるが落ちではないか。だが、この相手も居なくなればどうなさる？失礼ながら、良犬とて追う兎がいなくなれば煮《に》られるとの譬《たと》えどおり、いつか覇王信長の目からみれば、お二人とも不要の存在となりましょうな。その時は佐久間、林、安藤といった老臣たちの二の舞にならぬという保障がどこにあろう。まっことお気の毒なお方じゃで、筑前殿は」

恐れ気もなくうそぶいた。さらに続く。

「それに較《くら》べ毛利軍はいかに。外にこれ以上の野心を求めるな、との先々代様のお教えなれば、後は内々の問題じゃが、この内の統治については《君は船、臣は水にて候》という言葉が流布している。ご存じかな」

「いや知らぬ。君は船、臣は水……でござるか！」

秀吉は「名言」に弱い。つい恵瓊の言葉に引きずり込まれた。

「これは、元々は平家物語にある天子様（天皇）のお言葉での。言うまでもなかろうが、主君は船だが、水である家臣あってこその船。家臣なくしては主君といえども浮かぶことはできぬという、治世は部下あってのものとの譬えよ……。水攻め好きの筑前殿なら肌身でお分かりいただけようがの」

痛烈な皮肉だった。が、それ以上に秀吉にとって衝撃だったのは、それが天子様のお言葉といわれたことだった。

（そうか、天子様は、それほどの部下思いであらせられるのか。それに較べて……信長さまはどうだ）

恵瓊は、自分と光秀の苦労を《犬馬の労》といったが、実際は織田家の主君と家臣の関係は、牛馬にも劣る献身と犠牲のみを要求されるものではなかったか。

「うーむ」

恵瓊の《言葉の鉄炮玉》が、ぐさりと秀吉の肺腑《はいふ》をえぐった。

「この前の京の時もそうじゃったが……どうも御坊としゃべると、いつもいわれっぱなしじゃ。負けた、負けた」

秀吉は苦笑いするしかない。

あれは数年前、柳馬場の遊女屋での出来事だった。

酒を酌み交わしながら、話が場違いの義経論になった。そこで義経好き、頼朝嫌いを、とうとうと弁じた秀吉は、恵瓊に軽く一蹴《いっしゅう》されたのである。

「義経は武士の風上にも置けぬ奴」と、恵瓊は切り捨てた。

有名な屋島の浦の戦いがいい例ではないか。扇の的をつけ、女官を乗せた一艘《そう》の船が平家の陣から漕ぎ出された。これを見た義経はすぐさま「あの扇を射よ」と、那須与一宗高《むねたか》に命じた。

「与一は、見事一の矢で扇を射落としたのだが、そこまではいい。だが、この後がいけないのじゃ。与一の弓の見事さが感に堪《た》えなかったと見えて、平家側から、すぐに五十歳ばかりの男が躍り出て船上で舞い始めた。すると義経は、愚かにも、再び与一に命じてこの男も狙《ねら》わせたのじゃ」

与一はやむなく射落とした。「あ、射た」というものもあったが、「なさけなし」と、その弓を恨む声もあったと、平家物語は伝える。

「だが民衆はこの最後の話を知らない。『平家物語』の原本に当たらずに義経を論じるからこういうことになる。羽柴殿も風雅《ふうが》を解さぬ義経ごとき男を英雄みたいに考えてはいかぬ。武将としては頼朝の方がはるかに上じゃ」と、恵瓊は断じた。

以来、秀吉は浅学を恥じ、知ったかぶりを止めた。

今も秀吉は、恵瓊の二度目の言葉の鉄炮に苦笑いで、辛うじてその場をごまかすしかなかった。

「滅相もござらぬ。糞坊主の勝手な放言に過ぎませぬわい」

恵瓊は笑い飛ばした。しかし嫌みのない笑いだ。議論に負けても秀吉に不快感は残らなかった。

「まあ、一杯いこうではないか」

秀吉は、思い直して杯を出す。

「有り難い。喉がからからじゃて」

刻々と沈んでいく高松城を前に、恵瓊は平然と呑み、秀吉とがっぷり互角に組んで食い下がった。

二人は、笑顔を見せる時は、真正面から相手を見た。怒る時は天井を向いて怒りを爆発させた。

秀吉は次第に居丈高《いたけだか》な態度を改めざるを得なくなった。

「のう恵瓊殿。では、御坊はこのまま、この後も備中から備後、安芸、周防《すおう》と毛利の領土が焦土と化するを黙認なさるおつもりかな」

ちらりと恵瓊の顔を覗き、反応を見た。

「やむを得ませぬな」

恵瓊は他人事《ひとごと》のようにうそぶく。

「毛利は元々天下を取る気など更々《さらさら》ござらぬ故、攻めは致さぬ。この戦いは、あくまで《信長に売られた喧嘩》と理解しておる。だが、屈辱だらけの和睦なら御免こうむる。それなら、むしろ死を選ぶわい。もし、死を覚悟して最後まで毛利が抵抗すれば、どうなる、筑前殿。そちらは戦線がこれ以上長く、遠くなれば、今までのようなわけには参りませぬぞ。ここから先は毛利の直轄領。宇喜多直家のような、女にうつつを抜かす腰抜け大将は一人もおらぬ。領内には、高値につられて米麦を敵方に売り渡すような不心得な農民もおらぬ。地の利はすべてこちらのものでござるぞ」

「しかし、毛利軍は、せいぜいが五万でござろう。二十万の織田の大軍に刃向かうは、そもそもが無理であろうが」

秀吉は反撃した。

「織田の軍勢二十万がなんだというのじゃ」

恵瓊は涼しい顔で秀吉を見た。

「もしそれほどの大軍を率いるならば、東はどうなる。すっからかんになるではないか」

「東？　でござるか」

秀吉は虚を衝《つ》かれた。

「さよう、尾張、美濃、五畿内すべてが空となれば、伊達、北条、上杉、そして三河殿とて黙って口を開いたままではいませぬぞ」

「三河の家康までもか？」

「あははは、なぜでございましょうかな。しかし、人は、己の分をわきまえずに権力の絶頂に上りつめれば、上りついたのと同じ早さで没落するものですぞ。信長とて例外ではござるまい。ましてや、朝廷まで脅《おど》しての、理不尽《りふじん》な天下取りとなれば、なおさらでござろうが」

「我がお屋形さまが理不尽？　と申すのか」

秀吉は力なく言った。日ごろ自分が考えていることを他人に言われるのはやり切れない。抵抗のしようもなかった。

「そうでござろうが。この国では、武力なき天朝様を脅かす者は、この国始まって以来すべて《逆賊》でござる。逆賊を倒す者は、だれであろうと忠義の士じゃ。その名分さえあれば、上杉も三河も、毛利と組んで、喜んで立ちましょうぞ。そうなれば筑前殿もうかうかはできませぬぞ。今のままでは《逆賊の手先》の汚名をうけることにもなりましょうな」

恵瓊は竹椀の冷酒をぐっと一息に呑んだ。

いつの間にか、夜来の雨が去り、窓の桟から薄日が差し込んでいた。その朝日を浴びて、酒で真っ赤になった顔で秀吉を睨《にら》んでいる。

「毛利は、今でこそ死んだふりしているがの、東の武将方と呼応して、立ち上がる準備はすでにできておるわ。毛利家は元々が主上様のお味方でござればの。ご存じでござろうな。今上《きんじょう》の君（正親町《おおぎまち》帝）は、弘治三年（一五五七）後奈良天皇崩御にともなって践祚《せんそ》されたが、三年間、御内帑《ごないど》空乏《くうぼう》（天皇の財貨欠乏）のため御即位の式もできかねておられた。先々代元就は、朝廷の式微《しきび》を見るに見かねて、一切のご費用を献上した武将でござる。爾来《じらい》、朝廷第一の忠臣をもって任じている」

「存じておる」と答えたが、秀吉の声は益々小さくなった。朝廷の忠臣という言葉には、どうも弱い。

もう一点、恵瓊が食い下がったのは当面の高松城の措置であった。

恵瓊は高松城にすぐにも和睦を命じる。が、その代わり城主清水宗治以下を許してやって欲しいと申し出た。

「宗治はこの程度の城で朽ちるには惜しい男でござればの」というのがその言い分である。しかし、秀吉は、この恵瓊の言い分だけは聞き入れなかった。

「この中国戦線では、三木もそうじゃったが、降伏しても武将にはすべてその責めをとってもらうことにしております。それ以下の者は全員助けるにやぶさかではござらぬが……」

知将かもしれぬが清水は可愛げがない、それが本心だった。

この点は、どこまでも平行線だった。だが、対朝廷観という点では、秀吉の方がむしろ毛利側に立っていた。

(そんな、尊皇心の厚い毛利を討つ戦《いくさ》はしたくない)

勝手が違った。秀吉の戦意が妙に薄れ始めた。

気まずい空気がしばらく流れた後、思い直したのか恵瓊が、

「そうそう思い出したわ。筑前殿、もう一度お手を見せてくれぬか」

と、ごつごつした手を差し出した。

以前、勝手に天井を向いてしゃべり合った後、恵瓊は、偶然、秀吉の手をみて驚

嘆の声を上げたことがあった。

「なんじゃ、またまた御坊の八卦《はっけ》見か」

秀吉は笑って、掌《たなごころ》を恵瓊に向けてまっすぐに突き出して見せた。

「遠慮せずに、よっく見るがよい。その後、どうなっている」

突き出した秀吉の両掌は、中央を真っ二つに切るように太い陽線が手首から中指を走り、先端まで突き抜けている。

「一段と濃く出てきたな。天下相が」と恵瓊は、ぽつりと呟く。

秀吉は、鼻先で笑った。

「これが御坊のいう《天下相》かどうかは知らぬ。また知ろうとも思わぬ。わしは手相など信じぬ。だがな御坊、わしに天下相があると思うなら、ひとつこのわしに協力せぬか。どうせ天下を狙わぬ毛利の領土であろう。なれば、一時でよい、半分わしに預けよ。五カ国じゃ。そうしてくれれば、信長公は喜んで安芸まで出向いて参るじゃろう。いや拙者が引っ張ってきてみせるわ。その後の信長公の始末は、そなたら毛利に任せよとは、死んだ半兵衛が遺言じゃ……。天子様と民の安寧《あんねい》のためになると思うなら、どこぞの誰かが、信長公を煮てなり焼いてなり食うがよかろう。どうだ、この賭け、乗ってみないか、いや、乗るか乗らぬか、ここまでわしの本心を喋《しゃべ》ったからには、答えは一つしかないぞ。乗れ」

とうとう半兵衛が死に際に言いかけた禁句を口に出してしまった。

だが後悔はなかった。半兵衛から話を聞いた三年前当時のような衝撃も膝の震えも、今はない。

「賭けそのものは面白いが、賭金が国五つとは、ちと大き過ぎるな。参ったな。詰まらぬ天下相の話をしたばかりに鼬《いたち》の最後っ屁《ぺ》をかがされたようなものじゃな」

恵瓊は顔を大袈裟《おおげさ》に歪《ゆが》めた。が、言うほどの困惑した様子はない。

最後は、内心、この話を予期していたような、思わせぶりな笑いすら浮かんでいた。

「よし、決めたぞ」

秀吉は相手の気が変わらぬうちにとばかりに立ち上がった。

会心の笑いがこみ上げてきた。

2

竜王山本陣に戻った秀吉は、湯漬け飯をどんぶり三杯かっ込むと、ごろっと横になった。日ごろから腹が膨《ふく》れれば、すぐ、どこでも寝つけるのが取り柄《とりえ》である。一刻ほどの間、大の字になって熟睡。目が覚めると、寝たまま何度も背伸びした。すこしでも背が伸びたいという若い頃の儚《はかな》い願いが、中年の今も抜けない。

この日は、背伸びの姿勢のまま、左手を天井に突き出し、掌の《天下相》とやらをじっと眺めた。

恵瓊との会談は、途中苦戦したが、最後はこの手相のお陰で、《実》を取ることができた。そう思うと、これまで疑心暗鬼だった自分の手相が、今は、やけに頼もしく見える。いとおしくさえ思えた。

密かに右手の人差し指の爪先で陽線をなぞってみた。血が出るほど強く擦《こす》ってみた。その度に、線はいよいよ、くっきりと掌に浮かび上がって、自信につながるような気がした。

最初に、この手相を褒《ほ》められたのは、恵瓊と親しくなった天正元年。二人だけで京に遊んだ酒席での事である。

「このような指先まで突き抜ける陽線に、拙僧、初めてお目にかかった。これぞ、万人、いや百万人に一人と言われる《天下相》でござるぞ」

賛嘆(さんたん)の眼で眺める恵瓊を前に、秀吉は、自分の明るい未来を無邪気に喜んで見せた。別に信じたわけではない。だが半兵衛に、この手相の話をすると、「手相のことを口外なさいますな。お屋形さまに告げ口する者がいないとも限りませぬ。そのような尾鰭《おひれ》を付けて告げ口されてはなりませぬぞ」と、渋い顔で忠告された。

以後、努めて忘れるように、そして隠すようにしてきた。

数年前、岐阜城中に高名な手相見を招き、諸将が順番に観てもらった折は、腹痛を理由に、こそこそと逃げ出した。

そのせいで、口の悪い信長さまに「猿は六本指を恥じたのじゃろう」などと言われて、酷《ひど》い目にあったことがある。

今もって、秀吉の手の指を奇異の目で探る滝川一益《たきがわかずます》のような愚か者が居る。

ともかく、手相には、いい思い出がない。

(だが今は違う。この手は俺の百万の味方。そう信じたい)

武者震いが全身を突き抜けた。

起き上がると、直ちに官兵衛を呼びにやった。

ひょこひょこと、がに股でやって来た官兵衛が、持参の曲彔《きょくろく》に座り込む。

側近、侍女一切を遠ざけると、秀吉は、

「官兵衛！　恵瓊坊主は、うまくやり込めたぞ。安心せい」

と、持ち前の大声で破顔一笑した。

「それゆえ事態は早急に和平に向かって動く。あとは条件次第じゃが、それも毛利十カ国の半分よこせ、とふっかけておいたから、なんと返事してくるかが楽しみじゃ。わしとしては石見銀山さえあれば、他はどうでもいいのだが、お屋形さまの手前、そうもいくまい。伯耆《ほうき》、備中は当然として、後は備後、出雲を、どの境界線まで譲歩するかが、話の落としどころとなろう。いずれにせよ、条件を煮詰めるまでは高松城への放水を押さえるよう、早急に将右衛門に指示せよ」

二人だけの信長さま誘導を巡る秘密の話は、当然ながら伏せた。

「心得ましてござる」

官兵衛の顔が、ぱっと明るくなった。水攻めの献策はよかったのだが、収拾策で肝を冷やし続けてきた官兵衛。その解放感が、顔にでたのであろう。

「それより、なにより日向守の動きよ。その後どうじゃ。相変わらず愛宕山参籠《さんろう》だの連歌の会だの、つまらぬことを言っておるのか」

爪楊枝《つまようじ》を口にくわえて、秀吉は含み笑いする。

「ご推察の通りにございます」

官兵衛は、渋い表情に戻った。

「そうか。では是非もないな」

自慢の口髭を軽く撫《な》ぜると、言葉に一段と力を込めた。

「いっそのこと、お屋形さまに、日向守の高松援軍の『お断り』をいれよ。恵瓊が和平に動けば、もはや来るに及ばぬし、来た途端に和睦したでは、あ奴に功名を横取りされるようなものだからの」

吉備津神社からの帰路、考えてきた本音である。

「ごもっとも、ごもっとも。日向殿に来られても、なにを今更ということになりかねませぬしなあ」

官兵衛は、歌うような口調で、一旦は調子を合わせるそぶりを見せた。が、ひと思案した後、ゆっくりと頭を横に振り、

「いや、いや、お言葉を返すようでござるが、殿。拙者はお断りする必要すらないものと、考えたいのでござるが……」と、探るような目付きで言い直した。

「ほう、なぜじゃ」

自信家の官兵衛にしては珍しい、持って回った口ぶりである。

光秀に、それとなく恥をかかせる絶好の妙案と思っていたのだが……。秀吉はやや鼻白んだが、恵瓊に言われた《主君は船、部下は水》という言葉を思い出して、ここはぐっと自分を抑えた。

「と、申し上げるのは、その後の周辺の動きを考えると、日向殿は、ひょっとして、こちらに来る気がない……、いや、途中からその気をなくされたのでは……、そんな、気がして仕方がないのでござる。まだ漠とした拙者の勘に過ぎませぬが……」

「聞かせよ。その《周辺の動き》とやらを」

秀吉は、脇息を前に引き出し、両肘《りようひじ》を載せて顎《あご》を両掌で支えると、官兵衛の次の話を待った。

官兵衛は、ゆっくり頷《うなず》くと、語り始めた。

「拙者、初めは日向殿の遅参は、こちらに来るのを嫌っているだけと、さほど気にもとめずにおりました。羽柴軍の指揮下にはいることの疎《うと》ましさもさることながら、それ以外にも『水攻めは邪道。危険極まる愚策』と、城内の部下に、しきりに愚痴っていた様子でござれば……。ところが、その後の忍びからの報告によると、ある日から、ぱったりと日向殿は愚痴をこぼさなくなられたとのことで」

「ほーう」

秀吉は、思いがけない話に、つい引き込まれた。

官兵衛は、手にする自慢の蒲葵《ほき》扇で、ゆったりと風を送りながら続けた。

「ある日、そう、正確に申せば、吉田神社からの最初の書簡が到来した、この月二十二日のことでござる。以後、短時日の間に、吉田兼和殿との間に数回の書簡の往復があり、その後は、一人自室に籠もって、しきりと考え事をしておられる様子とか……」

「ちょっかいをかけたのはやはり兼和だな。あやつは元々の周旋好きよ。だが、自分が先にたって事を企てるような器量も度胸も、あの男にはないぞ」

秀吉は、ひょろりとした痩身《そうしん》の、口許の小さい、小心そうな兼和の姿を思いだしながら、吐き捨てた。

「ご明察の通り、兼和殿は、ただの仲介人でござりましょう。ということで、さらに探りを入れたところ、ほぼ同じ頃、兼和殿は、もう一人の人物と、しきりに書簡の往復を始めておりました」

「その相手、もちろん前久《さきひさ》じゃな」

秀吉はにやりと笑った。

「御意。公家と織田の武将との直接の書簡の往復では目立ち過ぎる……。そこで前久様の内意を日向殿に伝え、また日向殿の意向を前久様にお伝えする中継者の役回りを、兼和殿自ら買って出たのでござりましょうな。ところで、その前久様について、出入りの京の菓子司等に入れた忍びより、耳寄りな話が入っております。ごく最近のことでございますが……」

有名な京の菓子司に忍びを配置しておけば、公家屋敷の会合と客人の数を知るのに好都合とは、かねてからの官兵衛の持論だった。

その網に、見事ひっかかった話らしい。官兵衛の鼻が自慢げにうごめくのが判った。

「でかしたな、官兵衛。で、どんな噂じゃ」

「前久様、どうやらこの皐月《さつき》末をもって太政大臣《だじょうだいじん》を致仕《ちし》（辞職）されるそうでございますな」

「なんだと！」

さすがの秀吉も、わずか三月で、近衛前久が大臣職をほうり出すとは思ってもみなかった。

「まだ出入り商人の間の早耳に過ぎませぬ。もっとも、この致仕説は、一説には、信長さまに太政大臣の位を渡すための、朝廷の苦肉の策との、うがった話もありまするが……」

「それはあり得ぬな。たとえ前久がお渡しすると言っても、今更、そのような形だけの閑職でご満足されるお屋形さまではないわな」

もっと上を狙っているはずだ。関白でも将軍でもない、さらにその上の位を——ひょっとすると御帝《みかど》の地位の簒奪《さんだつ》までも——と、秀吉は内心疑っていた。

「拙者もそう思いまする。いずれ藤孝様から、殿に前久殿の致仕報告とその背景のご説明が参りましょう。しかしながら、この前久様致仕のお噂を耳にするに及んで、拙者、ふと、ひらめきました。『日向殿の遅参は、もしや、この前久様の内意を、事前に告げられたためではないか……』と。そこから二人の急接近となり、この接触を隠す口実に、日向殿は、愛宕山の参籠と連歌の会を設営されたのではないかと」

「有り得る話だな。そちならではの、見事な推理じゃな、官兵衛」

秀吉は、膝を打って叫んだ。

「だが、それだけで、この高松陣へ不参とまで言い切れるかの。考えてみよ。わしも五年前の北陸戦線への参加命令に、そなたらと一緒になって不参加の理由をあれこれ考えたではないか。しかし、結局は理由が見つからぬまま、仕方なく出掛けて行って柴田と喧嘩して帰るという《第三の道》を選んだ。お陰で大目玉を食らったが……。日向も同じことを考えてはいないか。遅参の末、のこのこと最後に余の許にやって来て、『水攻め』のことで喧嘩を吹っかけて帰国する気ではないのか？」

「いや、日向殿には、それはあり得ませぬな」

官兵衛は、皮肉な笑みを浮かべて答える。

「何故じゃ？」

「明智軍には、我々のように、喧嘩と見せかけて《第三の道》を考えつくような悪知恵の働く御仁はおりませぬ故」

「悪知恵か！　あはははは、よく言うわ。本心は悪という字を取り去りたいのじゃろうが」

秀吉は、腹の底から笑うと、

「いや、いや、笑ってばかりはおれぬ。もう一つ、考えてもらわねばならぬことがあるわい」と呟く。

「何でございましょうか」

なんでもござれ、という自信に溢《あふ》れた顔だ。

「では申すぞ。前久は、いやしくも元関白。位人臣を極めた公家じゃ。それが、たかだか従《じゅ》五位下の日向の所に、もし、出向くとすれば、それは、よほど切羽詰まった頼み事でなければならぬ」

「なるほど」

「では、それはなにか？」

「さて、そこまでは……」

官兵衛は、ぐっとつまった。

「……であろうな」

主従の会話が、ここで途切れた。

思い直した秀吉は、

「もう一度、元に戻って、お屋形さまと日向の二人の予定を、わしの前に書き並べてはくれぬか」と言った。

「では」と、官兵衛は以下のように書き出した。

のぶながさま　　　　みつひでどの

さつき二十七日　　　　あたご山入り

同　二十八日　　　　れんがのかい

同　二十九日　そうちょうあづち　かめやまへきこく
　　　　　　　ゆうこくにゅうきょう　しゅつじんじゅんび
　　　　　　　ほんのうじ入り
みなつき　一日　くげしゅうのしゅくが　しゅつじん
　　　　　　　をうける。
　　　　　　　どう夜、うちうちにて
　　　　　　　茶といごのかい
同　二日　ちゃうていにさんだい
同　四日　京をはっし、たかまつへ

秀吉は、予定表を眺めながら、再び官兵衛に訊ねた。

「ところで、こたびお屋形さまが安土から引率される兵力はいかほどじゃな？」

「それが不思議なことに、小姓と女衆のみ。総員五十人足らずを連れるだけとのことでござる。安土の衆は、しきりに増員を、お屋形さまに具申されたようでござるが、頑としてお聞き入れにならないとのことで。もっとも近隣の二条屋敷には、信忠卿の手兵四百あまりが駐屯される予定でありまするが……」

「それでも少ないな。そうか、増員を頑《がん》としてお聞き入れにならぬか。ふむ、で、そなた、それが何故だと思う？」

「お屋形さまが、京の治安に自信がおありになるからでは……」

「違うな」

秀吉は言下に否定した。

「お屋形さまは、わしよりはるかに用心深いお方じゃ。悪く言えば小心者じゃ。どれほど京の治安がよくても、それだけで連れていく部下を減らすとは考えられぬ。お屋形さまに恨みを抱く一向宗徒や伊賀、雑賀《さいか》の残党はまだ京の町にうようよいるぞ」

「と言われますと、連れていく兵力を減らさねばならぬ、なんらかの理由が、別におありになると仰《おお》せで？」

「そう考えねばなるまいて。これまでの朝廷に対する傍若無人《ぼうじゃくぶじん》なお振る舞いからして、大兵力を連れあるくような無粋《ぶすい》を避けるためのお気遣いとは到底思えぬ。そこで、こたびのお屋形さまの宮中参内の目的が問題になるな。そなた、なにか聞いていないか、お屋形さまの参内の目的は、一体なんなのじゃ？」

「それが……織田方はどなたも、ご存じありませぬ。訊けばお屋形さまは笑って横を向かれるだけだそうにございます。しつこく上洛《じょうらく》を願い出た尾張衆は、激しく叱《しっ》責《せき》されたそうでございますな」

「ほう、叱責されたか。ということは？」

「参内内容が、微妙なためではございませぬか」

「そうだ。それしか考えられぬな。では禁裏《きんり》の方の忍びはどうだ。そちらからは、なにか匂ってこぬか？」

「そちらは、意外に忍びを入れることが難しく、朝議の内容がなかなかに把握できませぬ」

官兵衛は、大袈裟に嘆息した。

禁裏への忍びは、身許の吟味が、過去何代にも溯《さかのぼ》るため、せいぜいが出入りの菓子司などを通じて女を下女《ゲメ》部屋に派遣できる程度。それも、《大宮ことば》の発音があまりに特殊過ぎて、忍びは、その術の一つである「奪口術《だっこうじゅつ》」がなかなか使えないのである。

「ただ、毎日、異様に長い朝議が続いていることは禁裏の賄《まかな》い方から探り出しておりまするが……」

「そのような長い朝議は珍しいのか」

「皆無の由にござる」

「そうか」

秀吉は、ここから一人、天を仰いで長考に入った。

参内のために上洛した信長が安土から連れて出た兵力が意外に少数であること。

迎える朝廷の側が、連日のように異様な朝議を続けていること。

この二つを結び付けるものはなにか、である。

自分が信長になって推理しよう。ちょび髭をさすり、目を半眼に開いて、無理に信長のような三白眼に構えるのだ。そうすれば二つの接点が、自ずと浮かぶかも知れない。

秀吉は一人芝居に夢中になった。

まず——朝廷に、なにか不遜《ふそん》な申し出をする。

それは何か？　太政大臣、関白、将軍の要求ではありえない。そんな三職は、信長は、これまでも鼻先で笑っておられたではないか。

となると、やはり退位要求か？　これはあり得る。正親町の君はすでに六十六歳。年齢的には十分お務めになられた。誠仁《さねひと》親王をご自分の傀儡《かいらい》とされた今の信長には、正親町の君は煩《わずら》わしい存在でしかなかろう。しかし、伝え聞く限りは、正親町の君は、お健やかであらせられ、政務に支障はない。それにこれまでのこの国の歴史では、御帝は不忠者に京を追われることはあっても、ご自身がご存命の限りは自らの意思に反してご退位された話は、藤原道長の時以来聞いたことがない。

もし要求が退位だとしたら、容易ならざる信長の不忠だが……。他になにかないか？　他であって欲しい。

切支丹の国教要求か。しかし、これはないな。ご自身改宗されていないし、ご本心は切支丹は利用するだけと割り切っていたはずではないか。

暦がどうのこうのと、信長が朝廷の暦博士《れきはかせ》にぶつぶつ苦言を呈しておられるのを聞いたことがあるが、これはどうだ。

確かに近頃の暦は、できが悪く、季節感にずれが大きいが、自分が尾張中村にいた頃、民百姓は、すでに暦を当てにせず「二十四節気」を使って、田植え時期などを独自に決めていた。

暦に問題があるとしても別に御帝にとやかく文句をいうほどのことではなかろう。暦博士やその下の天文方の怠慢さえ責めればいい問題ではないのか。

となると、信長さまの要求は、やはり元に戻って退位、誠仁親王への譲位要求ということか。それなら武力を背景に強要したと言われたくないため少数での参内という信長の気持ちもわかる。

なにしろ古今の歴史に残る不忠になるのだからな。

では、この不忠ゆえの不用心を補うものはなにか……。

ここまできて、秀吉は、はっとなった。

（そうか！　信長さまは、俺の造った抜け穴を、武力に代わる安全弁とお考えなのか）

たとえ、天皇家の指令が飛んで、伊賀、雑賀の残党や、叡山《えいざん》、石山の僧兵たちが、密かに手薄の本能寺を襲ったとしても、信長には、抜け穴伝いに、南蛮僧を装って脱出できるという自信があるのだ。多少の兵を擁して戦うより、適当なところで南蛮寺伝いに脱出し、突然、思いもかけない所から、《天下人信長ここにあり》を宣言する。その方が、どれだけ劇的で、信長らしいか……。

（俺の造った抜け穴が、とんでもない信長の不忠に役立つことになろうとは……）

秀吉は、悔しさに、思わず血の出るほど唇を嚙んだ。

我に返って秀吉は、官兵衛に告げた。

「この予定では、日向が愛宕山付近で前久と密会する日は、お屋形さまの本能寺ご滞在予定日の前々日か、前日となるな」

「まともなら、二十七日でござる。しかし、万一、朝議が長引き、前久様の愛宕入りが二十七日中に終わらなければ、二十八日の連歌の会の後ということもあり得まする」

「場所は、いずれぞ」

「愛宕山下の清滝か水尾《みずのお》。人目を避ける《隠れ里》という点では水尾でございましょうな。ここには京・大坂の豪商方の別邸が散在しており、二人が密会する屋敷には、事欠きませぬ。愛宕神社から半刻の距離でござる。いずれの地にせよ、両地の主だった商人の別邸には、忍びの男女をしかと配備致し終わっておりまする」

「前久の行動は、逐一監視せよ。ただ、乗り物だけを監視しても危険だぞ。あいつは自分の乗り物を捨てて、越後に下った前歴もある」

「ご安心召されよ。二度とあのように出し抜かれるようなヘマはさせませぬ。京から愛宕山への街道には、辻々に、前久に脚力で勝り、夜目もきく忍びを配置してござれば」

官兵衛は、自信満々に答えて引き下がった。

一人になると、秀吉は、再び長い瞑想《めいそう》に耽《ふけ》った。

今度は、心の中を二つの黒い想念が渦を巻いて葛藤した。

（半兵衛の言い残したように、信長さま父子を備中に誘い込んで毛利の手で消すのもいいが……）

すこし迂遠《うえん》過ぎないか、不安が芽生えた。失敗の危険があるだけでなく、謀略が毛利方から漏れる不安、さらには、自分の弱みを恵瓊に握られる将来の負い目も考えなくてはならない。

（それより……、いっそのこと、こたびの光秀の反逆に便乗できないか。それも誰にも気づかれぬ方法で……）

秀吉は、大きく吸った息を「ふっ」と思い切りはき出した。

吹っ切った一瞬、秀吉は、密かに笑みを浮かべた。

「前野将右衛門をこれに呼べ」

余人を退けて二人きりになると、前置きを一切省いて、単刀直入に厳しい口調で告げた。

「将右衛門、そなたに密命を与える」

「しかと承りましょう」

堤防の注水を調整し、決壊の危機を避けた後なのであろう。将右衛門は、比較的余裕のある微笑を浮かべて、かしこまった。

「そなた、これより手練《てだ》れの者数名を連れて急ぎ京にのぼり、南蛮寺に忍び込め。即刻じゃ」

「で、なにをすればよろしいので……」

将右衛門は、まだ余裕の笑みを保ったままだ。

秀吉は、ここで叩きつけるように言った。

「例の本能寺に通じる抜け穴を、本能寺の古井戸から至近距離で封鎖するのだ」

「げえっ！」

将右衛門の呆然《ぼうぜん》とした顔を秀吉は完全に無視し、さらに冷ややかに嘯《うそぶ》いた。

「確か予備の木材が、抜け穴に十分備えてあるはずだ。この封鎖の作事に半日とは要しまい」

「作事は容易でございますが、しかし……」

将右衛門の言葉に明らかに惑いが感じられた。

が、秀吉はあえて傲岸《ごうがん》を装う。

「ここでわしに理由を問うことは許さぬ。考えるところあってのわしの一存じゃ。

他言は一切無用。行け！」

万一、光秀の謀反《むほん》がない時は、なに食わぬ顔で元通りに直せば足りる。秀吉はしたたかに計算した。

「はっ」

ためらいを残しながら、将右衛門は立った。

夜半過ぎ——将右衛門を先頭に、十人ほどの前野軍団が、雨中の闇を突いて東へと消えたのを知る者はいない。

3

五月二十七日から二十九日までの三日間。秀吉は、東西の動きに耳目をそばだてながら、竜王山砦を一歩も動かなかった。

西の毛利は、その後、高松城の内外共に兵の動きが全く止まっている。城内は兵が死に絶えたかのように、夕餉《ゆうげ》時になっても竈《かまど》の煙一つ上らなかった。噂では、毛利本営の弱腰な和睦案に対して、城主清水宗治以下が《餓死抵抗》を試みているとのことである。

しかし毛利の高松陣と安芸の本営との間では、使者らしい騎馬がしきりに飛び交っている。恵瓊が、まだ和平に動いているのは間違いないようであった。

一方、東の忍びからの報告は、安土、京・大坂、そして丹波亀山からと、ひっきりなしに飛来した。密書の来る度に部下を招集するのが面倒になった秀吉は、二日目から、消えた将右衛門を除く秀長、官兵衛の二人と、自分の部屋で雑魚寝《ざこね》することに決めた。

三人は、薄手の小袖と下帯《したおび》だけで、呑み、食い、そして気ままに寝ては、忍びからの報告を待つ。密書が来ると、お互いに起こしあって意見調整を行った。

禁裏出入り商人の許に送り込んでいた忍びから、前久の動静がもたらされた。

第一報。

「二十七日夜半、前久殿以下の公家衆、主上様と《拝謁の間》に籠られたままにて候」

秀吉は半分眠ったまま聞いていた。

動かない前久に興味はなかった。

三人が飛び上がったのは「前久殿、二十八日昼過ぎ、禁裏を駕籠《かご》にて退出。自邸を素通りされて、そのまま桂川方面に向かわれた」との第二報からである。

「やはり動いたか！」

秀吉と官兵衛は、「してやったり」と頷きあう。

続いて「前久殿、桂川付近の茶屋に立ち寄られ、一刻ほどゆるゆると過ごされた後、予想どおり修行僧姿に変身、出立なされた」との第三報。

その後の前久の動きも、官兵衛の敷いた諜報網に完全に捕捉された。刻々と来る追跡報告は、前久が、清滝ではなく水尾方面に向かっていることを裏付けた。

さらに二刻ほど後には、水尾からの密使が到来。前久は水尾の茶屋四郎次郎邸に入って誰かを待ち受ける形となった。

「予想どおり、前久からの頼み事らしいな。二人の話、一言一句聞き漏らすまいぞ」

再び秀吉は念を押す。

「お任せあれ。茶屋様の屋敷には、《天耳通《てんにつう》》とあだ名されるほど耳のよい男を配備してござれば」

と官兵衛。

《天耳通》とはお釈迦様の五つの神通力の一つで、どんな遠い物音でも聞き漏らさない超能力を言う。

「そうか。では大船に乗った気でいよう。ところで、前久の動きに茶屋がかんでいたとなると……、ここでもう一つ考えておかねばならぬことができたな。官兵衛」

「三河様のことでございますな」

官兵衛は即座に反応した。が、なんとも気まずそうな顔をした。それもそのはず。茶屋四郎次郎の最大の後ろ盾は徳川家康。ということは、この前久の行動は、この頃、安土で信長の饗応《きょうおう》を受けている家康に筒抜けになると考えねばならない。いや、官兵衛の諜報収集より、はるか早い時期に、家康は、今の前久と光秀の密会を知って、知らぬふりをしていた可能性がある。それが官兵衛の謀臣としての誇りを傷つけたのであろう。

「やはり、昨年のお屋形さまの伊賀攻めで、伊賀忍者が、ごっそり三河方に流出したのが痛うございました」

官兵衛が珍しく弱音を吐いた。

「実は、こたび前久の入った屋敷は、表向きは伊勢商人の隠居所で、我々が探っていた会見地の目星から外れておりました。茶屋四郎次郎邸と知ったのは、ごく最近、それも付近の農夫の失言からでござる。恥ずかしながら、長い間、三河方の忍びの諜報操作に、拙者も手先共も、まんまとはめられておった次第で」

官兵衛は、肩を落とした。

「まあ直前にもせよ、判っただけでも不幸中の幸いではないか」

秀吉は官兵衛を慰める他なかった。

諜報戦で徳川軍団に劣るのは、官兵衛のせいではない。信長が、信雄《のぶかつ》かわいさに伊賀の忍び集団を、無差別になぶり殺しにしたため、いらざる恨みを買った。そのせいで、忍びの上手といわれる服部、藤林、百地《ももち》の《上忍《じょうにん》》三集団が、完全に織田方にそっぽを向いてしまったのである。

「それより、三河が、この前久の動きを知っているとすれば、あの狸め、どう出るか。その方が、わしは気になるな」

「それは前久殿の持ち込む話の内容にもよりましょう。自分も首を突っ込みたいような魅力ある話なら、旅程を延ばしてでも進んで参加されましょう。が、避けたいような危険な話なら、知らぬ存ぜぬで、堺見物も早々に五畿内から逃げましょう」

「そのどちらを取ると思うか？　狸めは」

「恐らく……逃げ出すほうでございましょうな」

「それは、持ち込まれる話に魅力がないということかな」

秀吉はさらに追究した。

「いえ、いえ、逆でございましょう。話の内容は魅惑十分、されど危険も一杯ということではござるまいか」

「魅惑十分とは？」

「間もなく判明すること故、これ以上の《当《あ》て推量《ずいりよう》遊び》は、ひらにご容赦《ようしや》を……」

官兵衛は逃げた。

「それもそうだな」

秀吉も笑って、あっさりと話題を変えた。確かに、まもなく判ることである。今、議論するまでもない。

「では、今からすこしの間は、紹巴から来る日向の連歌の鑑賞としゃれようか」

里村紹巴は連歌の同衆として愛宕山に招かれており、秀吉のために働くことに同意している。歌会の途中、腹痛を理由に、努めて厠《かわや》に立ち、連衆《れんじゆ》（参会者）の詠んだ句を書きとめた懐紙を丸めて庭に捨てる。これを庭に潜む小六の配下が拾いあげ、秀吉の許に届けるという段取りができあがっていた。

紹巴からの第一報が届いたのは、二十八日夜半。

「愛宕権現西の坊威徳院にて歌会。連衆は明智光秀以下威徳院行祐《ぎようゆう》、紹巴、上之坊大善院の宥源《ゆうげん》、紹巴門下の昌叱《しようしつ》、心前《しんぜん》、兼如《けんによ》、光秀家臣の行澄《ゆきずみ》、そして病身の光秀嫡子光慶《みつよし》」と、走り書きされている。

第二報は連衆の詠んだ連歌の内容。詠み手の名と歌が、発句《ほっく》、脇句、第三句、以下平句《ひらく》の順に記載されていた。

ちなみに、発句は一座の中の練達の士、客人、高貴な人が詠むもので、その時節の景物を詠み込むのが決まりである。脇句はこれを受けて、その詩境を完結させる。第三句以下は各々の前句を鑑賞しながら次第に季節や感慨を変え、あるいは加えてその座の全体の心的変化の面白さを楽しんで行く。

この日、発句を務めたのは当然のことながら主人格の明智光秀であった。だが、どうやら愛宕山頂付近は、かなり雨が降っているらしく、拡げた折紙が濡れて文字が滲《にじ》みだしていた。間隔を十分とって書かれていた発句以外はほとんど判読不可能だった。

「はっきりとは読めませぬが……」と断った後で、今度は秀長が『ときは今……あめがしたなる……さつきかな』と、声をあげて最初の句を読んだ。

「ほーう」と言ったきりで、官兵衛は口をつぐんだ。

官兵衛は歌の道に弱い。むしろ中年以後の付け焼刃の習得だが、秀吉の方が連歌の知識は上である。

「ときは今　あめがしたなる　さつきかな……」と、一度口の中でゆっくり口ずさんだ後、秀吉は「見せよ」と言って懐紙を受け取った。そのまま、行灯《あんどん》にかざしてしげしげと眺める。

歌そのものは感心するほどのできではない。雨季がらみの、ただの詠嘆句としか秀吉には映じなかった。

秀吉の関心は、むしろ、句よりも、送られてきた懐紙の折り方にあった。懐紙は横に半折した折紙が一枚。折紙の表に発句以下の八句、裏に十四句が仮名書きされているようだ。

「後学のために見ておくがよい」と秀吉。

「はい」と、二人は神妙に、秀吉の手許を凝視した。

「これを《一の折《おり》》という。この懐紙の折り方と句の数は、百韻連歌を催す時の規則に即したものじゃ。よく見よ、表裏合わせて二十二句の筈《はず》。だが、次に届く《二の折》《三の折》は、各々表裏十四句ずつ合わせて五十六句であろう。そして最後の《四の折》、これを《名残《なごり》の折》というが、表が十四句、裏は揚げ句を含む八句。これで合計百韻となる。それゆえ百韻連歌《ひゃくいんれんが》と呼ばれるのじゃな」

「さようでござるか。よきこと教わりましてござる」

二人は頭を下げた。

「だが、百韻の会となると、今夜はだいぶ遅くなるぞ、官兵衛、覚悟はよいな」

「委細承知」

官兵衛は、にっこり笑って頷いた。

「では、わしは一刻ほど、また寝る。これ以上、下手な平句と付き合うこともなかろう。果報は寝て待てと申すでな」と、言い捨てて、横になった。

最も知りたいのは、連歌の後の二人の密会、そして、そこでなされるであろう密契の内容である。じりじりしても仕方がない。

だが、光秀と前久が、どのような話を交わすのかを、あれこれ想像するとなかなか寝付けなかった。

うとうとしたまま夜明けを迎えた。

「殿、お起きめされよ。一大事でござる」

と言う官兵衛の低い声に、目を覚ましたのは二十九日早朝。

梅雨空で陽光こそ出ていないが、すでに明るくなっていた。

「なんじゃ、なんぞ異変か」

秀吉は飛び上がった。

飛び込んできた官兵衛の顔が異様に蒼白だった。

「昨夜申しあげた天耳通というあだ名の者でござるが……」

「なんぞしたか」

「殺されましてござる」

官兵衛は、黙って血まみれの縒《よ》り状の紙切れを捧げた。

秀吉がひったくるように取って明るい方にかざして拡げながら眺めた。なにやら小さな文字がべったり付いた血の下に、透けて見える。

急度《きっと》申上候
連歌後　夜陰、日向様　水尾罷下《まかりくだり》候
前久卿　茶屋様御屋敷ニ日向様ヲ召サレ……

ここまでである。前後の文がすべて引きちぎられていた。

「誰が持参したのじゃ」

怒鳴りながら、秀吉は自分の顔がみるみる上気していくのが解った。

「仲間の韋駄天《いだてん》、通称『神足通《しんそくつう》』とあだ名される男でござる。どうやら盗み聞き後、茶屋の屋敷を出て数町あまり先の森で、何者かに待ち伏せされたようで。天耳通は刺殺され、神足通のみが、重傷を負いながら、かろうじて逃れ、かく、密書の切れ端のみを持参しました次第で……」

「その神足通とやらは、まだ、ここにおるか」

「いえ、その男も、役目が終わると、息絶えましてござる」

「死んだか。となると、この紙切れだけでは、意味が……」

「いえ、その裏に天耳通のものとみられる血文字が残されておりまする……」

官兵衛に言われるままに引っ繰り返す。そこに、

　　むほん

かな文字三字が震えていた。

「喉を切られて口のきけなくなった天耳通が、神足通に託した最後の《死の伝言》でござります」

官兵衛は胸先で静かに十字を切った後、最後にぽつりと呟いた。

「やはり……日向殿、ご謀反でございましたな、殿」

（おのれ、こやつ、先刻明智の謀反を承知のくせに、なにを今更……）

白々しいにもほどがある。謀臣なら謀臣らしく、もっと腹の底から、この俺と、とことんつきあえ、と叫びたい。

だが、秀吉もまた、何食わぬ顔で答えた。

「夢にも思わなんだな。拙者としたことが……」

4

本能寺の異変を知らせる早馬が、竜王山砦の秀吉の許に届いたのは六月三日夕刻である。第一報は前野軍団から、第二報は小六軍団より。両者の時間差は一刻たらずであった。

以下は、先に来た前野将右衛門報告。

官兵衛が秀吉、秀長に代わって代読した。

——急度申候　朔日《さくじつ》夜半、明智軍一万三千、亀山城出陣　老《おい》ノ坂ヲ下リ、子上刻《ねのじょうこく》（午前零時）沓掛《くつかけ》ヨリ、桂川西岸ニ到ル。小休止後、兵全員戦草鞋《いくさわらじ》ニ履キ替エ、鉄炮隊火縄ニ点火ス。桂川ヲ渡リテ後、整然三方ニ分カレ、本能寺ヲ囲ム。水モ漏ラ

サヌ包囲網ニテ、二日早暁、攻撃ノ火ブタヲ切ル。合戦一刻足ラズ　衆寡敵セズ
堂宇炎上シ　烏有《うゆう》ニ帰ス——

将右衛門らしい時系列を追った流麗な記述である。

「将右衛門殿は明智軍と共に行動されておられたのですか！」

先月末から姿を消した将右衛門の行方を、しきりに気にしていた秀長の驚きの声を、秀吉は完全に無視した。将右衛門に与えた密命は、たとえ弟の秀長といえども口外するわけにはいかない。

一方、読む官兵衛の方は全くの無表情のままである。こちらはどうやら《触らぬ神に祟《たた》りなし》を決め込んでいるらしい。

「次の小六軍団の報告は秀長読め」

秀吉は、報告を読ませることで、秀長の疑問を封じた。

秀長は渋々読み上げた。

「今二日早暁、明智殿ゴ謀反　本能寺襲撃　寺炎上シ　オ屋形様ノ安否定マラズ深ク憂慮シオリ候」

ぽきぽきと、事実と感想だけを列挙するのが小六の癖である。

秀吉は、二つの報告を見比べながら、じっと考え込んだ。

二人には言わないが、この時の将右衛門報告にある、

「水モ漏ラサヌ包囲網ニテ」

「堂宇炎上シ　烏有ニ帰ス」

の二つの断定的な語句。そして小六のように「お屋形様ノ安否」に触れない点に着目した。

この結論は一つしかない。信長の死である。やはり、将右衛門に封止されて逃げられなかったのだ、あの抜け穴から……。

三年前の今頃、京の伊藤道光屋敷で、将右衛門——当時小右衛門——と交わした言葉のうちに突然閃《ひらめ》いた《謀反》の想念。よもや、その実行者が、織田家中で出世を争ってきた明智光秀であり、その裏で自分も光秀に左祖《さたん》することになろうとは！

秀吉は運命の恐ろしさに慄然《りつぜん》とした……。心の臓が、早鐘のようにがくがくした。

「殿、いかがなされました。お顔の色が……」

秀長は、二人以外に他の部下が居る時は、兄を殿と呼ぶ。

秀吉は、はっとなって我に返った。

（なんというぶざまな！）

秀吉は、信長の死が現実になった時の覚悟も、その時、自分が、部下の前でどんな顔をすべきかも考えていなかった。

我ながら迂闊《うかつ》だった。準備不足だった。

「わしの顔がどうかしたか?」

無理に笑いを繕うと、じっとりと冷や汗で滲んだこめかみをばちばちと手で叩いてごまかした。

そのせいか、涙腺の弱い秀吉にしては珍しく一粒の涙も出なかった。せめて目の前の官兵衛には、そら涙の一滴でも流して見せねば格好がつかないのだが……、それが出ない。

ただ万感胸に迫って声がでなかった。

「官兵衛、そちは……この事態を……どう……考える……」

と、たどたどしく言って目を背《そむ》けた。

官兵衛はというと、こちらは憎らしいほど冷静だった。二つの報告を聞いて「一大事」とも「どうしたものか」とも言わない。

詠嘆も疑問も発しなかった。その第一声は、

「これが毛利に知れれば和平の話が壊れましょうなあ」

と、あっけらかんとしたものであった。

この男の腹のうちがわからぬ、と思った。が、黙って頷かざるを得なかった。まさにその通り。言われなくとも、今は東方の事件を考えるより、この新事態に対して、西方の毛利方とどう対応すべきかを考えることの方が先決だった。

官兵衛が、さらに思いがけないことまで言及した。

「だが、このままでは彼らも、早晩、事件を知りましょう。すでに明智方からの密使が放たれているやも知れませぬ。敵（織田）の敵（毛利）は味方と、日向殿が考えるのが戦の常道でござる。されば殿、いっそ、ここで恵瓊殿に……」

後は黙って目配せするだけである。

秀吉は、自分が恵瓊に会ったことを秀長には教えていない。

官兵衛の言葉に、秀長は目をむいた。

「わざわざこちらから敵方に知らせるのですか。それは、和平交渉にとって、あまりにも危険ではござりませせぬか」

「いや、いや」

官兵衛は、若い秀長を優しく諭すようにほほ笑みかけ、ちらりと秀吉を見た。後は代わって言ってくれ、という合図である。

秀吉は、手近にあった茶碗の冷や酒の残りをがぶり一気呑みすると、ようやく声をふり絞った。

「秀長、官兵衛のいう通りじゃ。いずれ分かることとなれば、いっそのこと、こちらから教えてやるほうがよいのだ。あの坊主は、こちらが腹のうちを見せれば見せるほどに感激する男だ。じゃによって、必ずや毛利一族を説得し、和平の話は続けてくれるに違いない」

秀吉は、光秀から毛利に放たれるであろう密使への厳戒態勢を敷く一方、恵瓊には「至急再会したし」の伝言をいれた。

恵瓊は即、応じてきた。

竜王山砦まで単身駆けつけてきたのは、翌四日昼過ぎである。

恵瓊の顔を見るなり、秀吉は褒めちぎった。

「お待ちしてましたぞ恵瓊様。そなたは、どこであのような《透視の術》を学ばれたのかと、羽柴の家中は御坊の話で、今、持ちきりでござるぞ」

「な、なんの話でござろうや」

恵瓊は呆気《あっけ》にとられた表情で、かち割れ頭を揺らせた。

「例の高ころびの話でござるよ。ほんに御坊の予言された通りじゃった。信長さまが……信長さまが……、二日前、本能寺にて高ころびに転ばされましての……謀反じゃ、明智光秀の……」

秀吉は、ここで恵瓊に抱きつくように倒れ込み、声を上げて泣いた。最初は、ただの泣き真似であった。が、途中、なぜか、それまで、かたくなに閉ざされていた秀吉の涙腺が、本当に切れた。後はどっと堰《せき》を切ったような、滂沱《ぼうだ》の涙となった。

恵瓊の腕の中で秀吉は、一人ひそかにほくそ笑んだ。

(俺も相当な悪だ)と自嘲《じちょう》しながら……。

泣き果てると、恵瓊に一部始終を語った。

語り終わると、今度は素早く姿勢を正し、恵瓊の手を握りしめた。

「恵瓊殿、秀吉、今生《こんじょう》に一度のお願いがござる」

「なんでござろうや」

恵瓊は、手を握られたままの姿勢で答える。

「拙者を男にして下さらぬか」

「な、なんと言われる!」

恵瓊は、最初、呑み込めなかったようだ。

「拙者にぜひ信長さまの仇《かたき》を取らせて下さらぬか。この高松と本能寺との間、五十余里が拙者には歯痒《はがゆ》うてならぬ。恨めしゅうてなりませぬ。確かに御坊の言われるとおり、信長さまは、古今に類なき神仏の敵、天朝様にとっては許しがたい大逆臣かも知れぬ。さはさりながら、拙者の今日あるは、ひとえに信長さまあってのもの。事の非理を越えた大恩がある。義理がござる。まずもって真っ先にそのご恩に報いねばならぬ、この筑前が、かくも遠くにあって、光秀めに一刀すら浴びせることができぬとは情けない。なんたる不運、なんたる不忠ぞ……ううう」

身を震わせ、再び、大粒の涙をこぼす。

この二度の涙で、恵瓊は、ころりと秀吉の術中にはまった。

「おまかせあれ、筑前殿。《窮鳥《きゅうちょう》懐に入らば、猟師も撃たず》の譬《たと》えもござる。拙僧は、一旦約束した以上、和平を覆《くつがえ》したりは致しませぬ。考えれば、逆賊なれど信長は、早くより筑前殿を見いだされた慧眼《けいがん》の将じゃ。筑前殿が、ご自分を見いだしてくれた信長に、報恩の気持ちを捨て難いのも解る。されば筑前殿、毛利は、和平を守る間に京に立ち戻り、存分に信長の仇を討たれよ、報恩を果たされよ。毛利が和平筑前殿の背に追っ手を差し向けるような不義理は致さぬ。しかし、条件が一つだけござる」

にこりともしない。ぎらぎら光る恵瓊の目が秀吉を睨んでいた。

「なんでござろう。なんなりと申されよ。清水宗治の助命でござるか。それなら……」

この際だ、切腹を撤回してもいいと思った。

「いや、あの男、すでに城兵の命と引き換えに切腹を了承した。いまさら助命を許された、などと言おうものなら、かえって怒りを買い、意固地になるだけでござろう」

「ではなんじゃ、条件とは」

「今後の天下の計には、織田家中だけでなく、是非とも毛利も参加させて戴きたい。今の毛利に天下を望む野心はないが、その実力はある。家中の多くの者が《髀肉《ひにく》の嘆《たん》》を味わっている。拙僧も、歯痒うてならぬのじゃ。それゆえ、毛利の実力にふさわしい場だけは考えてやってくだされ。それを取る、取らぬは、若い輝元《てるもと》様の判断、ご器量一つじゃが」

「解った。恵瓊殿、その事、しかと心に留めおこうぞ」

これだけの交換条件で、今後も和平の話は壊れない保証を得た。

秀吉は内心（しめた）と思った。

これほどうまく行くとは、ついぞ思わなかったのである。

くすぐったい気持ちを抑えながら恵瓊を送り出すと、秀吉は無意識のうちに、自分の掌の《天下相》を撫《な》ぜた。気のせいか、むずむずと線までかゆくなった。

この時、秀吉と並んで、恵瓊の後ろ姿を見届けていた官兵衛が、ふと一言、余計なことを言った。

「これで殿は、天下取りの絶好の機会を得たわけでございますな」

皮肉まじりだが、まさに図星だった。秀吉は、心の内を見透かされて、思わずぎくりとした。

だが、次の瞬間、官兵衛の無神経さに無性に腹が立った。もし官兵衛でなかったなら、その場で打ちすえるところだったろう。

「織田家危急存亡の有事に、やくたいもないことを言うな。控えよ、官兵衛！」

これが謀臣・官兵衛を叱った、最初で最後の事件となった。

5

秀吉は、足音荒く自室に戻ると、秀長の他に家定（木下）と弥兵衛尉（浅野）の二人を呼んだ。後から付いてきた官兵衛が、気まずそうに部屋の隅に控えるのを見たが、見向きもしない。いつものように官兵衛の座る曲彔《きょくろく》の用意もしてやらなかった。

秀長ら三人を等分に眺めながら、官兵衛を無視した形で秀吉は宣言した。

「余は、これから直ちに姫路に戻る」

「それはまた、不意なことでござりますな」

ここまでの事情にうとい家定と弥兵衛尉は、お互い顔を見合わせた。が、一々、ここで説明をしてはいられなかった。事情は、後で秀長にでも聞けばわかることだ。

そのまま、てきぱきと指示を与えた。

「申し置くことが三つある。第一に、東からの諜報の侵入についてだ。間もなく明智軍から毛利への密使が到来するに違いない。これを引っ捕らえよ。それには毛利から奪った旗竿《はたざお》を、羽柴軍の東端になびかせるがよい。さすれば地理に暗い密使は、毛利軍と間違えて、必ずや我が陣内に紛れ込むだろう。その密書を奪え。しかし、奪った密書は決して披《ひら》くな。披いたら容赦せぬぞ。密封のまま姫路に向かう余の許へ転送せよ。しかと申し付ける」

「承知つかまつりました」

最年長の家定が、三人を代表して、かしこまって答えた。

「次、第二じゃ。ここ竜王山砦にあるすべての武器類は、今夜中に船を仕立てて姫路に送り返すこと。よいな！」

姫路城に残っている武器と一緒にして、さらに大坂に再送するつもりだった。

「第三に、全軍一斉に撤兵せよ。徒士《かち》組は姫路を第一次集結目標として、ひたすら山陽道を走らせるのじゃ。騎馬組は、できるだけ海上を船で行かせよ。だが、いずれにも急ぐ理由は一切言うな。姫路に戻れば判るとだけいえ。そうだ、例えば……。おう、おう、そうじゃ、皆の者にこう言え。『こたびは、ろくな合戦もなく、戦功も上げられずに残念に思っておろう。それでは帰る足も重たかろう。ついては帰路の慰みに、徒競走させよ。早く姫路に着いた順に、賞金を与える』と。よいか、賞金はけちるな、はずめ」

「それと、忘れずに申しておく。徒士組は、すべて素手で行かせるのだ。捨てるに惜しい武器あれば買い上げてやれ。つまらぬ武具をぶらさげて走るより、姫路で与える早駆けの賞金の方がはるかに多いといいふらすのだ。よいな」

ここで「兵の途中の飲み食いなどは如何させましょうや」の家定の質問が入った。

「よきこと聞いてくれた。安心せよ。すでに将右衛門が、行く先々で準備万端整えて、皆を待っておるわい」

あっけにとられる三人を尻目に、秀吉は、姫路で待機させた将右衛門に与えた第二の指令、《中国撤収作戦》を、ここで披露した。

京で異変が起きた場合、毛利と一時休戦して、兵を反転、上洛させなければなら

ない。だが、毛利が休戦を拒否する可能性がある。その場合、いかに迅速《じんそく》に毛利の追っ手を逃れて東上するかが羽柴軍の運命を握る。

この万々が一のために将右衛門が立てたのが、中国撤収作戦である。

秀吉は、得意満面に説明した。

「よっく聞け。兵は食い物、飲み物一切不要じゃ。姫路までの戻り道中の飲料、握り飯はもとより、なめ味噌、漬物、干し魚、そして履物草鞋《わらじ》類までの一切と夜行提灯は、途中、一里毎に将右衛門が用意した茶屋に置かれている。日夜ぶっ通しで飲み食いの仕放題になっているから安堵《あんど》せよと言え。夜行のために、街道沿いの村々には、総出で篝火《かがりび》を沿道に掲げて、道をあやまたぬようにさせている。各々屈強な者同士あい集まり集団で進め。単独行動して賊などに襲われることのなきようにせよ」

これだけ万全の準備があれば、徒士組は大喜びで走り抜くだろうと、秀吉は語りながら、さらに確信を強めた。

「姫路の後は、続いて第二の集結点を尼崎と定める。さよう心得よ。姫路から更に二十里。この間には幾多の小さな河川があり、折からの雨季で水嵩が増しているであろう。一日も早くそこを走り抜ける必要があるが、姫路まで行かねば、河川の情勢は解らぬ。ともかく余がまず行く。そして道を確かめる。秀長以下は、すぐ余の

後を追うてくれ。よいな」

「毛利方との和睦の調印と高松城の城主清水宗治の切腹の儀式は、いかがなされましょうか」

秀長が、律義者らしい心配をした。

「清水の切腹か。構わぬから影武者を使え、影武者を。和平の血判起請文も誰でもよいわ」

止める間もなかった。

随行は石田三也《みつなり》以下の小姓数人と決めた。いずれも秀吉と同じように、薄い小袖と褌《ふんどし》、そして雨避《あまよ》けの藁蓑《わらみの》姿になった。

秀吉一行は、幼少の宇喜多秀家を抱えるようにして高松を後にした。予備の馬には、柿渋紙に包んだ多少の衣料。衣料に小粒銀の袋を隠し持った。それと荒縄。これは馬上で身体を縛り、馬を走らせながら眠るためである。

途中、岡山城で小休止し、人質の秀家を解放した。代わって、福に毛利への後備えを託した。そのまま沼、長船、片上（現・備前市）まで馬上で走り抜き、そこから海上を赤穂に至った。

姫路に着いたのは二日後の六日、申《さる》七つ刻《どき》（午後四時）である。

さすがの秀吉も、疲労困憊《こんぱい》だったが、姫路では、真っ先に、待機中の将右衛門を自室に招いた。

二人が鼻を突き合わせるようにして交わした会話は、ただ一言、

「確かか」

「確かでござる」

これで意味が通じた。抜け穴の信長の死が……である。


秀吉は、この後、丸二日の休養を取り、城の蔵を披《ひら》いて、すべての金銀及び兵糧《ひょうろう》を確認した。記録によると、それは金八百枚、銀七百五十貫、貯蔵米八万五千石であったという。にわかには信じられない巨財だが、金銀の大半は生野銀山の預かり資産か、あるいは、そこからくすねた物であろう。

秀吉は、乾坤一擲《けんこんいってき》、太っ腹を見せた。この全部を将兵に均等に分配することを宣言したのである。発表と同時に、なぜ高松から急ぎ戻ったのかの理由を、幹部の武将を集めて、初めて開陳《かいちん》した。

「おぬしらをここまで急ぎ呼び戻したは他でもない……」

ここを先途と、秀吉は張り裂けんばかりの声を上げた。

大声には自信がある。

「わが大恩ある信長公は、二日未明、明智光秀の謀反によって、本能寺で非業《ひごう》のご最期《さいご》を遂げられた……」

そっと拳を握り、涙を拭《ふ》く格好をした。

一同はどよめき、悲鳴を上げた。その顔、顔、顔を、ゆっくりと見回しながら、秀吉は一段と悲痛な声を腹から絞り出す。

「我らが、ここに集《つど》うはなんのためぞ。ただ一つ、お屋形さまの弔い合戦じゃ。敵は光秀ただ一人。他の武将の首は取るな、首集めは無用じゃ。光秀が素《そ》っ首《くび》、真っ先に取った者には黄金十枚を用意させてある」

再びどっとどよめきが上がった。

「されば皆の者、これより第二の集結地点尼崎に向けて、再び早駆け競走せよ。余に続け！　早い者には、姫路までの倍の賞金を取らせる。いや三倍じゃ」

短期決戦は、目の前にぶら下げる賞金で決まることを秀吉は熟知していた。それに《亡君の報復》という大義をちらつかせて、家臣を煽《あお》りに煽った。

いやが上にも戦意は上がった。

上々の煽動を終わると、再び自室に将右衛門を呼んだ。

気にかかることが二つあった。

一つは、大坂の一万五千といわれる織田信孝軍団の存在である。

「信孝軍の動きは、その後、どうじゃ」と秀吉。

「兵の半数ほどが四国に向けてすでに船立ちしましたが……」

「ということは、まだ七千がとこは残っているのじゃな」

「御意」

「邪魔だな」

秀吉は、天井を眺めながら、ぽつりと呟いた。

ここまで息せききって東上してきたのは、光秀の最初の挑戦者になるためである。羽柴軍団の手で光秀を討ち取らねばならない。それには信孝の四国遠征軍の残留部隊が目障《めざわ》りだった。この動きは封じておかなくてはならない。

「いい考えがある。将右衛門！」

「はい」

「信孝の軍団に（信長さまは生きておいでだ）という噂を流すのじゃ。即刻、忍びを放て」

信長公のご遺骸は見つかっていないはずだ。生きているという噂はまだ使える。

信長公が生存するなら、その現れるのを待とうという気になって、信孝の動きが鈍る。そこがつけ目だった。

「かしこまって……」

将右衛門は、委細を飲み込んだように頷いた。

「もう一つ。こちらの方がちと厄介《やっかい》じゃがな」

秀吉は、一通の手紙を将右衛門に渡した。

「高松陣を引き払うに当たって、迷い込んできた光秀の密使が所持していた密書じゃ」

「ほう、まんまと横取りされたのでございますな」

将右衛門は、にっこり笑って巻紙を披こうとした。

「上洛を急ぐために、やむなく秀長に後を頼んで参ったが、首尾よく横取りはできた。だが困ったのは、その宛先よ」

「なんと！　宛先は殿ではござりませぬか。光秀が殿に親書を！」

「声がでかいぞ、将右衛門。まあ、まずじっくりと読め」

読むほどに、将右衛門の持つ手が震え始めた。

秀吉は、すでにその内容を諳《そら》じている。たまたま手に入れたのが、清水宗治の切腹に立ち会うために残した秀長でよかったという、冷や汗物の書簡である。

光秀は、書簡の中で、丁重に高松攻め救援の遅参を詫びた後、予想どおり信長に対する批判を連綿と綴《つづ》ってきた。

（そんなことは言われなくても解っているわい）とばかり、前半をいいかげんに飛ばし読みした秀吉だが、後半の光秀の文面に、思わず凍り付いた。

……前右府織田信長、猥《みだ》リニ君臣ノ礼節ニ背キ、国ノ規範ヲ弁《わきま》エズ、諸国ヲ掠領シ万民ヲ苦労ス、僭乱ノ至リ、何事カ之ニシカン、挙兵モッテ征伐ヲ企ツベシ、勲功ノ賞ハ宜シク請ニ依ルベシ、トノ天朝ノ仰セ漏レ承ル。惟任、朝命黙《もだ》シ難ク、感涙モッテ、ココニ立チシ所以《ゆえん》ナリ……

「朝命黙しがたく、とございますが、まさか前久様が日向殿に信長さま追討のご綸《りん》旨《じ》を与える言質《げんち》を与えられたとは。このままでは、日向殿は北面の武士（朝廷の忠臣）となり、我らがかえって……」

「そうじゃ、逆臣になるわい。そればかりではない。光秀は、以後の政事を、余と相携え、朝廷を中心とした『建武の中興』の再来にせんと望んでいる、とも書いてよこした。そのために織田軍団内部での事情説明の話し合いを持ちたい。ついてはその仲介を余に、とまで頼んできよった。だが、そんな中途半端なこの事件の決着は、断じて許してはならない。許すものか」

秀吉は、唇をきゅっと噛んだ。こうなったからには、光秀の口も封じなければならない。

「御意」将右衛門が大きく頷いたのをみて、ほっとした。

「そこで肝心なのは、光秀に発せられたというご綸旨の有無とその所在じゃ。証拠がなければ、後でどうとでも言いくるめられる。天朝様が、光秀に、このようなご命令を、本当に出されたのかどうか、出されたとすればいずれにあるや。それが唯一の不安じゃ。将右衛門頼む、これを是非確認してくれ。さもなくば、我らが忠勤も、九仞《きゅうじん》の功を一簣《いっき》にかくことになろうぞ……」

再び将右衛門の忍びが散った。

6

前野将右衛門の信孝戦略の効果はてきめんだった。父が現れるまで無為に過ごすわけにもいかないと思ったのであろう。光秀への挑戦の手始めにと、信孝は、同じく四国遠征のために大坂に滞在中の光秀の婿の一人、津田信澄《のぶずみ》を、不意に襲撃して血祭りに上げた。意味がないわけではないが、お茶を濁すだけの時間の無駄である。

この愚戦の間に、更に信孝軍団の間では、明智と呼応して丹波から細川、大和から筒井、そして四国からは長宗我部《ちょうそかべ》の軍が逆上陸するとの、秀吉の撒《ま》いた噂がぱっと広がった。

寄せ集めの烏合《うごう》の衆に過ぎない信孝軍団は、この噂だけで大揺れした。明智軍に包囲される悪夢におびえて、脱走者が続出、羽柴軍団が大坂を通過する頃には、ほとんど戦力を喪失してしまうのである。

秀吉は謀略に継ぐ謀略を駆使して驀進《ばくしん》した。

雨中の秀吉の胸に去来するのは、天下取りではなかった。そんな天下取りの構想は、まだ描けるはずはなかった。描いてもいけない。

むしろ、そういう野心が胸に渦巻く度に、秀吉は、慌《あわ》てて消し止め、ひたすら《弔い合戦》に心を集中しようとした。

だからと言って単純な弔い合戦でもなかった。胸の底にくすぶっていたのは、実は全く別の物であった。

確かに、初めは素朴に信長の仇を討つ気だった。しかし、今尼崎にむけてひた走る心の中で、秀吉の心は激しく揺れ動いた。

最後に残ったのは、どす黒い復讐――それも自分の不透明な家系と醜悪な容貌、貧弱な体軀《たいく》に対する家中の、長い、長い、不当な軽蔑に対する復讐であった。

信長には、いつまでたっても「猿、猿」と軽蔑され続けた。桶狭間山の功績の約束違反も許せなかった。それだけではなかった。猿の右手指は六本あるぞ。あの六つ指めが……などと、からかわれることすらあった。

六本指のように見せたのは、小者のころ生駒御殿で座興に見せた手妻《てづま》（手品）に過ぎない。が、今もそれが間違って伝わり、岐阜城で手相見から逃げ出したことで増幅され、ひそかな冷笑の種とされていることを秀吉は知っている。

不透明な出自への復讐心はもっと強烈だった。

（信長が平氏の出だと！　光秀が土岐《とき》氏だと！）

秀吉は馬上から一人雨中の闇に向かって叫んだ。

（なにが平氏だ、なにが土岐だ。勝手にさらせ。この国では天子様以外に家系を誇れるような輩《やから》が一人でもいるものか！）

それは日本史の裏に追いやられた《山の民》の血が命じる無意識の反骨だった。

恐らく信長を討った光秀は、これからの中央の運営に関して、自分の実績と誇り高い家系、格式などをぶら下げて、朝廷に自分を売り込む気だろう。俺との連携など、一時しのぎの嘘に決まっている。

（光秀の勝手はさせぬぞ。これからは、力じゃ、才覚じゃ。財力じゃ。それ以外のことで天下を取られてたまるか。せっかくのこの機会を、またぞろそんな、まやかしの血筋でごまかされてなろうか。その貴質を競うなら、この俺の方が上だぞ）

そんな気持ちだった。

この後のことは分からぬ。分からぬことは天の決めることよと、尼崎からの最後の馬の背で、秀吉は何度も、何度も呟いた。

今、怖いものはなかった。

欲しいのは、己の復讐の気持ちを隠すための、なんらかの名目であり、権威である。

（それには、早く光秀を屠《ほふ》り、信長の遺骸を、あの抜け穴から搬出して、しゃにむに葬儀を行うことだ。俺がその葬儀の喪主になれば、後々誰もが俺を無視できなくなるに違いない）

秀吉の脳裏には、信長の棺《ひつぎ》のすぐ前を、朝廷の百官を従え、棺を守るように静々と進む自分しか想像できない。きらびやかに飾られた馬上の晴れの姿しか思い浮かばなかった。

だが現実の秀吉は、尼崎から裸同然の姿で、自分で自分を馬にくくりつけて夢想していたのである。

「将右衛門、早くあの抜け穴の遺骸を引き取って来い……」

夢のなかの秀吉は呟く。

将右衛門の封止工作で、抜け出ることのできなくなった信長は、空井戸を降りた後、間違いなくあの抜け穴で立ち往生して窒息死したはずだ。

「将右衛門、はやくあの遺体を……」

最後は、はっきりと寝言に漏らした。

秀吉の家臣は、誰一人この屈折した将・秀吉の心情を知らない。しかし、信長の《弔い合戦》という明確な目標と、目の前にぶら下がった賞金を前に、羽柴軍は、足軽時代の小人集団として始まって以来、最高に燃える軍団と化していたのである。

（中巻に続く）

単行本　二〇〇六年四月　日本経済新聞社刊
文庫化にあたり、上中下巻に分冊しました。

文春文庫

秀《ひで》吉《よし》の枷《かせ》 上

定価はカバーに表示してあります

2009年6月10日 第1刷
2011年5月25日 第9刷

著者 加《か》藤《とう》廣《ひろし》
発行者 村上和宏
発行所 株式会社 文藝春秋

東京都千代田区紀尾井町3-23 〒102-8008
TEL 03・3265・1211
文藝春秋ホームページ http://www.bunshun.co.jp

落丁、乱丁本は、お手数ですが小社製作部宛お送り下さい。送料小社負担でお取替致します。

印刷・凸版印刷 製本・加藤製本

Printed in Japan
ISBN978-4-16-775403-7